MAXIMILIAN

& THE MYSTERY OF THE GUARDIAN ANGEL

A Bilingual Lucha Libre Thriller

★ ★ ★ ★ ★ ★ ★ .

First Edition
10 9 8 7 6

Library of Congress Cataloging-in-Publication Data

Garza, Xavier.
 Maximilian and the mystery of the Guardian Angel : a bilingual lucha libre
thriller / by Xavier Garza. — 1st ed.
    p. cm.
 Summary: Eleven-year-old Maximilian, a big fan of the form of wrestling
known as lucha libre, begins to suspect that he has a close connection with his
favorite luchador, El Angel de La Guarda, the Guardian Angel.
 ISBN 978-1-933693-98-9 (alk. paper)
 [1. Wrestling—Fiction. 2. Heroes—Fiction. 3. Uncles—Fiction. 4. Mexican
Americans—Fiction. 5. Family life—Texas—Fiction. 6. Texas—Fiction. 7.
Spanish language materials—Bilingual.] I. Title.

PZ73.G3682 2011
[Fic]—dc22

                              2010037400

     Thanks to Luis Humberto Crosthwaite and Carla González Campos
                        for their translation.
       And to Flor de María Oliva for her edit of the Spanish.
                          Go technicos!

        Book and cover design by homeboy Sergio Gómez.
              Gracias a Arianna por su ayuda.

MAXIMILIAN
& THE MYSTERY OF THE GUARDIAN ANGEL
A Bilingual Lucha Libre Thriller

★ ★ ★ ★ ★ ★ ★

Written and Illustrated
By Xavier Garza

CINCO PUNTOS PRESS
El Paso ★ Texas

1
BIG DISAPPOINTMENT
★ ★ ★ ★ ★ ★ ★
UNA GRAN DESILUSIÓN

"Come on, Lalo, do it again!" begs my little brother Robert.

"I will break you in two, little man," growls Lalo, his voice mimicking that of a luchador. Little Robert laughs out loud as Lalo grabs him and throws him up over his massive shoulders.

It's the summer before sixth grade and I am sitting in my father's Lazy Boy watching my tío and my little brother wrestle. I'm ready for my father to get home so we can make plans to go see lucha libre tomorrow across the border in Mexico—my reward for getting straight A's all year in fifth! I can hardly wait.

—¡Ándale, Lalo, hazlo otra vez! —ruega mi hermanito Roberto.

—Te voy a romper a la mitad, hombrecito —gruñe Lalo, su voz imitando la de un luchador—. Robertito se ríe a carcajadas mientras Lalo lo levanta y lo lanza por encima de sus grandes hombros.

Es el verano anterior al sexto grado y estoy sentado en el sillón de mi papá, viendo luchar a mi tío y a mi hermanito. Estoy listo para que llegue a casa mi papá para poder hacer planes para ver lucha libre mañana al otro lado de la frontera, en México, ¡mi recompensa por sacarme puros dieces en todo el quinto grado! Apenas puedo esperar.

"Look, Max!" Little Robert yells. "I can touch the ceiling!" But just before he hits his goal, Lalo whirls him around and drops him onto our living room sofa.

Lalo is my mother's youngest brother, a real mountain of a man—always has been according to our mother who knows everything. "Even when my brother was just a baby, he was well on his way to being a virtual grizzly bear with hands the size of waffle irons."

That's my mother talking in her I-am-right-and-I-am-the-boss voice, the voice she always uses when she talks to me.

Maximilian!

Yup, even though everyone else calls me Max, my mother only addresses me by my given name, the name she gave me. She wants to be sure I know that, of course.

When my pushy big sister Rita tries to tell me what to do, I often remind her that the name Maximilian means 'the greatest," as in *I am the greatest*.

"Yeah, right, MAX," she always says.

Or, "Oh, *pleaaassse...*"

Lalo is as big as my favorite masked luchador, the Guardian Angel. I bet he's just as strong. In fact, the physical similarities between my uncle and the Guardian Angel are uncanny. He has the same square chin and massive arms. He even shares the Guardian's huge chest.

—Mira, Max —grita Robertito—. ¡Puedo tocar el techo! Pero antes de que pueda tocarlo, Lalo lo hace girar y lo tira encima del sofá de la sala.

Lalo es el hermano menor de mi mamá, un gigantón —siempre ha sido así, dice mi mamá y ella lo sabe todo—. Desde que mi hermano era bebé, ya se le notaba que iba a ser un oso grizzly con manos del tamaño de wafleras.

Ésa es mi mamá, hablando con su voz de "tengo razón porque soy la jefa", la voz que siempre usa cuando habla conmigo.

—¡Maximiliano!

Así es, aunque todos me llaman Max, mi mamá siempre usa mi nombre completo, el nombre que ella me puso. Y ella quiere que eso a mí me quede claro.

Cuando Rita, mi encajosa hermana mayor, intenta decirme qué debo hacer, con frecuencia le recuerdo que el nombre Maximiliano significa "el mejor de todos", o sea yo soy el mejor de todos.

—Sí, claro, MAX —me dice siempre.

—Oh, por favoooooooor.

Lalo es tan grande como mi luchador enmascarado favorito, el Ángel de la Guarda. Y apuesto que es igual de fuerte. De hecho, las similitudes físicas entre mi tío y el Ángel de la Guarda son misteriosas. Tiene la misma mandíbula cuadrada y brazos enormes. Hasta tiene el mismo pecho colosal del Ángel.

"One, two, three," screams Lalo as he pins Little Robert's shoulders to the couch. "Lalo beats the Guardian Angel!"

I laugh at Lalo's bravado—as if he could really beat the greatest masked wrestler the world has ever known!

"You should become a luchador, Lalo," I tell him.

"You're right, Max. I bet even the Guardian Angel himself couldn't beat me. He must be getting pretty old by now. What is he, seventy?"

"He's not that old, Lalo." *Could he be that old?*

"Well," I tell him, "it doesn't matter how old the Guardian Angel is. His mask keeps him young. That's what they say about him in his movies."

The Guardian Angel is also a movie star in Mexico. Twice a month, my father takes us to the drive-in on the outskirts of town. The double feature includes movies with the Guardian Angel. In the last year alone, I have seen my hero do battle against diabolical mad scientists, crazed flesh-eating zombies and even blood-sucking vampire women bent on world domination. From the safety of "Old Ironsides"—my dad's station wagon—I watch as the evil vampire queen uses her hypnotic powers to try and bring the Guardian Angel under her control. In the end, my hero's will proves too strong for her to overcome.

—Uno, dos, tres —grita Lalo mientras inmoviliza los hombros de Robertito sobre el sillón—. ¡Lalo vence al Ángel de la Guarda!

Me río de la bravuconada de Lalo, ¡como si de veras pudiera ganarle al luchador enmascarado más grande de todos los tiempos!

—Deberías ser luchador, Lalo —le digo.

—Tienes razón, Max. Apuesto que ni siquiera el Ángel de la Guarda podría vencerme. Ya debe estar bien viejo. Qué edad tiene, ¿setenta?

—No es tan viejo, Lalo. ¿O sí?

—Bueno —le digo—, no importa qué tan viejo sea el Ángel de la Guarda. Su máscara lo mantiene joven. Eso es lo que dicen de él en sus películas.

El Ángel de la Guarda también es una estrella de cine en México. Dos veces al mes, mi papá nos lleva a un autocinema en las afueras de la ciudad. La doble programación incluye películas del Ángel de la Guarda. Tan sólo en el último año he visto a mi héroe luchar contra científicos locos, zombis caníbales y hasta mujeres vampiros sedientas de sangre y empeñadas en dominar el mundo. Desde la seguridad de la "Vieja Locomotora" —la camioneta de mi papá— veo cómo la cruel reina vampira usa sus poderes de hipnosis para tratar de controlar al Ángel de la Guarda. Al final, mi ídolo siempre demuestra que es demasiado fuerte para que ella lo domine.

You know, Max," says Lalo, "just because you see something in a movie doesn't mean that it's real. The Guardian Angel is just an old guy in a mask."

Hmmm! My mother has the exact same opinion as Lalo, an opinion she's already made abundantly clear to me. She is NOT a fan of lucha libre. She calls it a barbaric and ridiculous sport. She especially hates the Guardian Angel. She's hated him from the minute she first laid eyes on him which happened to be when we were watching *The Guardian Angel vs. the Invaders from the Planet Mars*, where my hero and his allies vanquish an alien invasion of little green men from the aforementioned planet. At the end of the movie, the beautiful leading actress throws her arms around the Guardian Angel and kisses the pair of puffy pink lips that pop out from his mask. Of course, my mother—Braulia—the boss—had taken note of this.

"*Ugh!* Ventura, how can a woman do that?" she had asked my father. "How can she kiss a man who wears a mask? Does she even know what he looks like?"

"It's just a movie," my dad said.

"I bet you that he's ugly and bald," my mother said. "He must be ugly. Why else would a grown man wear a mask all the time? And tights! I mean, if he was good-looking he wouldn't want to hide his face."

—Sabes una cosa, Max —dice Lalo—, sólo porque ves algo en una película no quiere decir que sea verdad. El Ángel de la Guarda no es más que un viejo con máscara.

¡Hmmm! Mi mamá tiene la misma opinión que Lalo, una opinión que ya me ha hecho saber en varias ocasiones. A ella NO le gusta la lucha libre. Dice que es un deporte bárbaro y ridículo. Y sobre todo odia al Ángel de la Guarda. Lo odió desde el primer instante en que supo de él y eso fue cuando veíamos *El Ángel de la Guarda contra los invasores del planeta Marte*, donde mi ídolo y sus aliados vencen una invasión alienígena de hombrecitos verdes. Al final de la película, la bella actriz principal arroja sus brazos alrededor del Ángel de la Guarda y besa los labios esponjosos que brotan de su máscara. Por supuesto, mi mamá —Braulia, la jefa— se dio cuenta de ello.

—*¡Ugh!* Ventura, ¿cómo puede hacer eso una mujer? —le preguntó a mi padre—. ¿Cómo puede besar a un hombre enmascarado? ¿Sabe siquiera cómo es en realidad?

—Sólo es una película —dijo papá.

—Apuesto que es feo y está calvo —dijo mamá—. Debe estar bien feo. ¿Qué otra razón tendría un adulto para usar una máscara todo el tiempo? ¡Y esos leotardos! Digo, si fuera guapo no querría esconder su cara.

"And...," my mother declared, "...doña Alicia thinks that she knows not only why the Guardian Angel wears a mask, but just exactly who he really is."

Doña Alicia is the wife of Pedro Chapa. The Chapas own the Lucky Corner Convenience store here in Rio Grande City. Doña Alicia is convinced that the Guardian Angel is none other than Pedro Infante, the famed Mexican singer turned actor who died in a plane crash years ago. The fact that the Guardian Angel is much bigger and taller than Pedro Infante ever was doesn't seem to matter to Doña Alicia. The charred remains of her beloved Pedro were never identified to her satisfaction.

That's how it is in our house with lucha libre.

But just as Lalo is about to pick Little Robert up one more time, my father walks in. He is a tall man, but even his six-foot frame looks small standing next to Lalo.

"Hey, Lalo," says my dad. "What's up?"

"I just got in from Houston," says Lalo.

"Did you find a job yet?"

"Nothing yet. Something will come up. I'm going to try looking in San Antonio next week."

"Hey, why don't you come with us tomorrow, Lalo?" I ask. "My father is taking me to Mexico to see lucha libre."

★ —Y... —declaró mi mamá— doña Alicia piensa que no sólo sabe la verdadera razón de por qué el Ángel de la Guarda usa máscara, sino que sabe quién es.

Doña Alicia es la esposa de Pedro Chapa. Los Chapa son dueños de la tienda Lucky Corner, aquí en Ciudad Río Grande. Doña Alicia está convencida de que el Ángel de la Guarda es nada menos que Pedro Infante, el famoso cantante y actor mexicano que murió en un avionazo hace muchos años. El hecho que el Ángel de la Guarda sea más grande y alto de lo que fue Pedro Infante no parece importarle a doña Alicia. Los carbonizados restos de su querido Pedro Infante nunca fueron identificados a su satisfacción.

Así es la cosa en nuestra casa con respecto a la lucha libre. Pero justo cuando Lalo está a punto de levantar a Robertito una vez más, entra mi padre. Él es un hombre alto, pero hasta con su metro ochenta de estatura se ve pequeño junto a Lalo.

—¡Eh!, Lalo —dice papá—, ¿qué hay de nuevo?

—Acabo de llegar de Houston —dice Lalo.

—¿Ya encontraste trabajo?

—Todavía no. Algo tiene que salir. Voy a buscar en San Antonio la semana que entra.

—Oye, Lalo, ¿por qué no vienes con nosotros mañana? —pregunto—. Mi papá me va a llevar a México a la lucha libre.

"I need to talk to you about that, Max," says my father, and I can tell right away by the look on his face that I am not going to like what he has to say. "I'm going to have to work Saturday."

"But you promised!"

"I know, but I have to work, mijo," he answers. "I'm really sorry. I'll take you next month."

"Next month," I groan. "But I really wanted to go."

"Lalo, why don't you take him?" says my mother.

"Me? I don't know the first thing about taking care of kids."

"You feed them and keep them busy so they don't get in trouble," she answers. "There's nothing to it."

I resented being called a kid by both Lalo and my mom. I was eleven now and would be starting sixth grade in just a couple of months, so technically speaking I couldn't truly be considered a child anymore. Passing to the sixth grade may not be as big a deal as being promoted to the eighth grade like my sister Rita, but I certainly don't want to be lumped in the same category as Little Robert who will be a fourth grader.

"That's a wonderful idea," says my father. "It will get you ready for when you have kids of your own."

"Kids of my own?" say Lalo.

Obviously the idea of becoming a dad one day hadn't even crossed his mind even though he's about to marry my former fifth-grade art teacher Ms. Marisol Solis next month.

★ —Tengo que hablarte sobre eso, Max —dice mi padre, y de inmediato me doy cuenta, por su mirada, que no me gustará lo que va a decir—. Tengo que trabajar el próximo sábado.

—¡Pero me lo prometiste!

—Ya sé, pero tengo que trabajar, mijo—contesta—. Lo siento mucho. Te llevo el mes que entra.

—El mes que entra —me quejo—. Pero de veras quería ir.

—¿Por qué no lo llevas tú, Lalo? —dice mi mamá.

—¿Yo? Yo no tengo ni la menor idea de cómo cuidar niños.

—Les das de comer y los mantienes ocupados para que no se metan en problemas —responde ella—. No tiene chiste.

No me gusta que mi mamá o Lalo me llamen niño. Ya tengo once y empezaré el sexto grado en un par de meses, así que técnicamente ya no me pueden considerar un niño. Pasar a sexto tal vez no sea tan importante como pasar a octavo grado como mi hermana Rita, pero tampoco quiero que me pongan en la misma categoría que Robertito que va a entrar a cuarto.

—Qué buena idea —dice mi padre—. Te va a servir para cuando tengas tus propios hijos.

—¿Mis propios hijos? —dice Lalo.

Es obvio que ser papá algún día ni siquiera le ha cruzado por la mente, ni porque está a punto de casarse, el mes que entra, con quien fue mi maestra de quinto grado, la señorita Marisol Solís.

Who would have thought that his coming to pick me up from class one day would lead to a romance between Lalo and Ms. Solis? And now they were going to get married.

I sure didn't see that one coming.

★ ¿Quién habría imaginado que el hecho de pasar por mí a la escuela un día llevaría a un romance entre Lalo y la señorita Solís? Y ahora se van a casar.

A mí ni se me ocurrió.

2

THE MASK OF THE GUARDIAN ANGEL
★ ★ ★ ★ ★ ★ ★
LA MÁSCARA DEL ÁNGEL DE LA GUARDA

I'm tearing down the runway of the arena. I can't wait to get to the action. I can hear Lalo yelling at me.

"Max, wait! I haven't even paid for the tickets yet." I turn back quick to see his massive figure towering above everyone else, but I'm in a hurry to get to where the guy is who sells masks.

I am nearly out of breath by the time I stop short at a wooden table. A fat man who looks like he hasn't shaved in days is eating a greasy beef taco. He is also selling lucha libre masks!

★ ★ ★ ★ ★ ★ ★ ★ ★ ★ ★

Corro por el pasillo rumbo a la arena. No veo la hora de llegar a la acción. Puedo escuchar a Lalo que me grita.

—¡Max, espera! Ni siquiera he pagado los boletos —volteo a ver su figura enorme como una torre por encima de los demás, pero tengo prisa por llegar con el hombre que vende máscaras.

Casi estoy sin aliento cuando me detengo frente a una mesa de madera. Un gordo que parece que no se ha afeitado en varios días come un taco de carne grasiento. ¡También vende máscaras de luchadores!

"I want a mask just like the one worn by the Guardian Angel!" I blurt out.

"You and everyone else," he says. "Every kid and their little brothers want to be the Guardian Angel today." He shakes his head in disgust. "Got any money on you, kid?" He goes back to working over his taco.

"There you are!" The unshaven vendor looks up. It's Lalo. The guy is visibly stunned by Lalo's massive size. He quickly focuses his attention on the big fat wallet that Lalo pulls out from his jeans. He wipes his greasy fingers on his shirt and flashes us a yellow-toothed smile.

"El Angel de la Guarda—the Guardian Angel is a great choice, mijo," says the vendor. "Your boy here has good taste, señor," he adds, his face shining with a greasy smile. "Everybody loves the Guardian Angel, especially me!" The vendor continues to praise my choice of a hero but I'm not listening anymore. I'm checking out all the masks.

They're all here—the fanged mask of Vampire Velasquez and the feather-encrusted disguise of the Masked Rooster. The dark mask of the evil Black Shadow lies side by side with the noble mask of the White Angel.

"Where's the Guardian Angel?"

The vendor pulls a large cardboard box from under the table. He opens its flaps and rummages through the box. "Sorry, mijo, I must have sold the last one already."

—Quiero una igualita a la del Ángel de la Guarda —así nomás se lo digo.

—Tú y todos los demás —dice—. Hoy en día todos los niños y sus hermanitos quieren ser el Ángel de la Guarda —mueve la cabeza como si estuviera molesto—. ¿Traes dinero? —y regresa a comerse el taco.

—¡Ahora sí! —el vendedor mal rasurado mira hacia arriba. Es Lalo. El señor está evidentemente asombrado por el gran tamaño de Lalo. De inmediato enfoca su atención en la cartera gorda que saca Lalo de sus pantalones de mezclilla. Se limpia los dedos grasosos en la camisa y muestra una sonrisa brillante de dientes amarillos.

—El Ángel de la Guarda es una gran opción, mijo —dice el vendedor—. Su niño tiene buen gusto, señor —agrega, su cara resplandeciente con una sonrisa grasosa—. ¡Todo mundo quiere al Ángel de la Guarda, a mí también me encanta! El vendedor sigue halagando mi buen gusto pero ya no lo estoy escuchando. Estoy viendo el resto de las máscaras.

Están todas ahí: la máscara con colmillos del Vampiro Velásquez y el disfraz emplumado del Gallo Tapado. La máscara oscura del maldito Black Shadow está junto a la noble máscara del Ángel Blanco.

—¿Dónde está la del Ángel de la Guarda?

El vendedor saca de abajo de la mesa una caja de cartón grande. La abre y busca entre la caja. —Lo siento, mijo. Yo creo que ya vendí la última.

"No Guardian Angel?" I can't believe it!

"I don't have the Guardian Angel, but I do have others," says the vendor. He reaches into the cardboard box and produces an aqua-colored mask with white circular spirals on both of its cheeks. The mask culminates with the capital letter T embroidered on its forehead.

"The Tempest Anaya," he declares proudly. "He taught the Guardian Angel everything he knows."

The Tempest Anaya may well be my hero's mentor, but he is not the Guardian Angel.

"Look at that one, Max," says Lalo. It's a black and white mask with a gold lightning bolt in the middle of the forehead. This one belongs to the Jalisco Lightning Bolt.

"He's a great one too," says Lalo.

The Jalisco Lightning Bolt looks cool with that mariachi hat and shoulder serape that he wears to the ring and all, but he is still not the Guardian Angel. Nobody is. A silver mask with embroidered orange flames like the one worn by the Guardian Angel is the most coveted possession that a true lucha libre fan can ever hope to own.

"I will make you a deal, señor," says the vendor directly to my tío Lalo. "How about if I let you have two masks for the price of one?" He holds up the fanged mask of Vampire Velasquez in one hand and the horned disguise of el Diablo Rojo, the Red Devil, in the other.

—¿No tiene la del Ángel de la Guarda? ¡No lo puedo creer!

—No la tengo, pero sí tengo otras —dice el vendedor—. Mete las manos en la caja de cartón y extrae una máscara color azul con espirales blancos en ambas mejillas. La máscara culmina con la letra T mayúscula bordada en la frente.

—Tempestad Anaya —declara con orgullo—. Le enseñó al Ángel de la Guarda todo lo que sabe.

Tempestad Anaya tal vez sea el maestro de mi héroe, pero no es el Ángel de la Guarda.

—Mira ésa, Max —dice Lalo—. Es una máscara blanca y negra con un relámpago dorado en el centro de la frente. Es la del Rayo de Jalisco.

—También es un gran luchador —dice Lalo.

La del Rayo de Jalisco está suave con el sombrero de mariachi y el zarape que usa en el ring, pero no es el Ángel de la Guarda. Nadie lo es. Una máscara plateada con llamas naranjas bordadas como la que usa el Ángel de la Guarda es el tesoro que más desea un verdadero fanático de la lucha libre.

—Le hago un trato, señor —le dice el vendedor directamente a mi tío Lalo—. ¿Qué tal si le doy dos máscaras por el precio de una? Sostiene la máscara colmilluda del Vampiro Velásquez en una mano y la cornuda del Diablo Rojo en la otra.

"The Vampire Velasquez and el Diablo Rojo," declares the vendor triumphantly. "One-time tag-team champions of the world!"

Lalo thinks he's found himself a real bargain except he also wants the same deal for the masks of the Tempest Anaya and the Jalisco Lightning Bolt.

"No, tío, it's not a good deal," I try to tell him, but the exchange of money for masks happens in the blink of an eye—and completely without my advice. It's clear to me that my tío doesn't know a single thing about lucha libre! He wouldn't know the difference between a rudo and a technico if they sat down in front of him at lunch!

Soon we are sitting at ringside. A dozen kids are playing inside. Many of the boys are wearing their Guardian Angel masks. I feel bad enough as it is, and then Lalo goes and makes a bad situation even worse when he hands me the horned mask of el Diablo Rojo.

"Put it on, mijo," he says, his tone of voice making it clear that he has already decided I am going to have fun whether I want to or not.

I stare in disgust at the horned mask that Lalo is dangling in front of me. I give it the same look you would use for fresh roadkill. Does he really expect me to be unfaithful to my hero by wearing the mask of one of his most hated rivals?

—El Vampiro Velásquez y el Diablo Rojo —anuncia el vendedor triunfalmente—, quienes fueran en un tiempo campeones mundiales de parejas.

Lalo cree que es una verdadera ganga excepto que quiere la misma oferta por las máscaras de Tempestad Anaya y el Rayo de Jalisco.

—No, tío, no es una buena oferta —trato de decirle, pero el intercambio de dinero por las máscaras sucede en un abrir y cerrar de ojos, y sin esperar mi consejo—. ¡Es obvio que mi tío no sabe nada de lucha libre! No sabría la diferencia entre un rudo y un técnico ni aunque se sentaran con él a comer.

Pronto estamos ubicados en la primera fila. Una docena de chicos están jugando en el ring. Muchos de ellos traen puesta la máscara del Ángel de la Guarda. De por sí me siento mal, y Lalo me hace sentir peor al ofrecerme la máscara con cuernos del Diablo Rojo.

—Póntela, mijo —me dice, y el tono de su voz deja claro que ya decidió que me voy a divertir lo quiera o no.

Veo con disgusto la máscara cornuda que Lalo mueve frente a mí. La observo con la misma mirada que usaría para un animal muerto en la carretera. ¿De veras piensa que voy a traicionar a mi ídolo usando la máscara de uno de sus más odiados rivales?

"C'mon, just put on the mask and get into the spirit of things," says Lalo as he pulls the mask of el Diablo Rojo over my head and tightens its laces before I have a chance to protest. He hoists me up and over his left shoulder and deposits me inside the wrestling ring.

"You look good, Max. Now go and play with the other boys." And off he goes in the general direction of the beer stand.

I can't believe it! Lalo has just abandoned me in the ring wearing the mask of el Diablo Rojo, one of the most hated rudos in all of lucha libre! And right in front of me is a girl wearing the mask of the Guardian Angel!

"No way," I cry out! What right does this girl have to the mask of the Guardian Angel? Worse, she has placed six pink sticker hearts right on its forehead—an unforgiveable show of disrespect!

Then it comes to me, an idea so brilliant that even the Guardian Angel himself couldn't have come up with a better one. I will have my mask yet! Removing the mask of the hated Diablo Rojo, I approach the girl and tap her on the shoulder. Two large green eyes—glowing like a cat's—stare back at me through teardrop-shaped silhouettes.

"Want to trade?" I ask her, dangling the mask of el Diablo Rojo in front of her, but she doesn't respond.

—Ándale, ponte la máscara y aliviánate —dice Lalo mientras pasa la máscara del Diablo Rojo por encima de mi cabeza y aprieta las agujetas antes de que yo pueda protestar. Me levanta por encima de su hombro izquierdo y me deposita adentro del ring.

—Te ves bien, Max. Ahora ve y juega con los demás niños —y se va en dirección al puesto de cervezas.

¡No lo puedo creer! Lalo me acaba de abandonar en el ring con la máscara del Diablo Rojo, ¡uno de los rudos más odiados de la lucha libre! ¡Y justo enfrente de mí está una niña con la máscara del Ángel de la Guarda!

—No puede ser —exclamo—. ¿Qué derecho tiene esa niña de tener la máscara del Ángel de la Guarda? Y lo peor de todo: ha puesto seis estampitas de corazón en la frente, una imperdonable falta de respeto.

Así es como me llega una idea tan brillante que ni siquiera al propio Ángel de la Guarda se le habría ocurrido. ¡Tendré mi máscara! Me quito la máscara del odiado Diablo Rojo, me acerco a la niña y le toco el hombro. Dos grandes ojos verdes, que brillan como los de un gato, me miran a través de siluetas con forma de lágrima.

—¿Quieres cambiarla? —le pregunto, moviendo la máscara del Diablo Rojo enfrente de ella, pero no responde.

"Want to trade?" I ask again, but slower this time. Maybe she's deaf and reads lips. This only makes the girl giggle.

"Why are you talking funny?" she asks me.

Desperate, I decide that it's time for me to lay it all on the line.

"I'll trade my four masks for your Guardian Angel," I tell her. The girl gives me a big open smile.

Hah! She has taken the bait, I think to myself. I give her my four masks and hold out my hand for the mask of the Guardian Angel.

And what does she do? She runs away!

"What's going on?" I cry out. She isn't going to keep her end of the bargain.

"No fair," I yell and run after her. I manage to grab hold of the back of her Guardian Angel's mask. I pull it right off her head, but she grabs it and refuses to let go. We engage in a tug-of-war.

Everyone is watching. I give the mask a mighty pull and tear it free from her grasp. The quick move sends the girl falling backwards down to the canvas.

I've done it! I pump my fist into the air holding the mask for all to see.

"I have the mask of the Guardian Angel!" I yell out.

I turn to leave only to find that the path back to my seat is blocked by the unshaven mask-selling vendor. His scary green eyes are staring down angrily at me.

—¿Quieres cambiarla? —le vuelvo a preguntar, pero más despacio—. Quizá sea sorda y pueda leer mis labios. Esto sólo hace que la niña se ría.

—¿Por qué hablas tan chistoso? —me pregunta.

Desesperado, decido que ya es hora de arriesgarlo todo.

—Te cambio cuatro máscaras por la del Ángel de la Guarda —le digo—. La niña me sonríe con toda la boca.

"¡Ajá!, ya cayó en mi trampa", pienso. Le doy mis cuatro máscaras y extiendo el brazo para recibir la del Ángel.

¿Y qué es lo que ella hace? ¡Se aleja corriendo!

—¡Qué pasa! —exclamo—. Ella no va a cumplir con su parte del arreglo.

—No es justo —grito y corro detrás de ella—. Alcanzo a agarrar la parte trasera de su máscara y se la saco de la cabeza, pero ella la toma de nuevo y se rehúsa a soltarla. Empezamos a jalarla, cada quien por su lado.

Todos nos están viendo. Le doy un gran jalón a la máscara y logro quitársela. El movimiento repentino hace que la niña caiga de espaldas sobre la lona.

¡Lo logré! Subo el puño para que todos vean que tengo la máscara.

—Tengo la máscara del Ángel de la Guarda —grito.

Estoy a punto de irme cuando veo que el camino de regreso está bloqueado por el vendedor mal rasurado. Sus temibles ojos verdes me están mirando con coraje.

"He pushed me, Daddy," the girl cries out from behind me. This fat old man is the little girl's father! I try to escape, but the vendor's massive right hand manages to grab the back of my shirt collar. He lifts me up so my feet are off the floor.

"Lalo, Lalo!" I scream. Lalo charges down to the ring, his nostrils snorting like those of an enraged bull. People scatter. Lalo slides under the ropes at full speed and runs right at the unshaven vendor. The startled vendor staggers back from the impact and falls down on the canvas. People at ringside watch as Lalo and the mask vendor fall through the ropes, locked in combat.

On the arena floor, they roll back and forth, their arms and legs intertwined as if they were human pretzels. It takes over a dozen security guards to finally break up the fight and escort both men out of the building. The crowd is cheering Lalo, and booing the vendor!

On the way home, Lalo is making sure that I know word for word the excuse that he is going to give my mother to explain why my shirt collar is torn and he has a black eye.

"Just nod your head and agree with whatever it is that I'm saying, hear me? It was all in self-defense."

—Me empujó, papito —se queja la niña detrás de él. ¡El viejo gordo es el papá de la niña! Trato de escapar, pero la enorme mano derecha del vendedor logra agarrarme de la parte trasera del cuello de mi camisa. Me levanta hasta que mis pies se despegan del piso.

—¡Lalo, Lalo!—grito—. Mi tío corre hacia el ring con las ventanas de la nariz resoplándole como un toro enfurecido. La gente se dispersa. Lalo se desliza por debajo de las cuerdas a toda velocidad y corre directamente hacia el vendedor mal rasurado. El hombre asustado se tambalea por el impacto y cae sobre la lona. La gente en la primera fila mira cómo Lalo y el vendedor de máscaras atraviesan las cuerdas, envueltos en un duro combate.

Sobre el piso de la arena se dan volteretas de un lado a otro, sus brazos y piernas entrelazados como si fueran pretzels humanos. Toma cerca de una docena de guardias de seguridad para detener el pleito y sacar a ambos hombres del edificio. ¡La gente vitorea a Lalo y abuchea al vendedor!

Camino a casa, Lalo se asegura de que yo sepa exactamente lo que le diré a mi mamá para explicar por qué el cuello de mi camisa está roto y por qué él tiene el ojo morado.

—Simplemente mueve la cabeza y concuerda con todo lo que yo diga, ¿me escuchas? Todo fue en defensa propia.

Lalo rambles on and on. Suddenly I remember that in the middle of all that chaos, I had tucked something very important inside my shirt. I reach in and pull out the mask of the Guardian Angel. It's only right that the mask ends up in my possession. After all, we had struck a bargain. It wasn't my fault that the girl chose not to honor her end of the deal.

I stare at the mask and admire it as it glistens in the glowing yellow light radiating from the dashboard of my uncle's red pickup truck. I pull the mask over my face. It falls into place perfectly. It was meant for me! My eyes stare out at the world through teardrop-shaped silhouettes.

I *am* the Guardian Angel! Max-a-Million! The Greatest!

Lalo lo repite una y otra vez. De repente me acuerdo que en medio de todo aquel caos, me había guardado algo muy importante debajo de la camisa. Metí la mano y saqué la máscara del Ángel de la Guarda. Me pareció justo que la máscara terminara en mis manos. Después de todo, había hecho un trato. No fue mi culpa que la chica no cumpliera con su parte.

Observo la máscara y admiro su resplandor frente a la luz amarillenta que surge del tablero del pickup rojo de mi tío. Me pongo la máscara y me queda perfectamente. ¡Está hecha para mí! Mis ojos contemplan el mundo a través de las siluetas con forma de lágrimas.

¡Soy el Ángel de la Guarda! ¡Maximillonario! ¡El mejor!

3
TRUTH OR DARE
★ ★ ★ ★ ★ ★ ★
VERDAD O DESAFÍO

"Truth or dare, Max. You have to pick one," says Leo.

"He won't do it," says Little Robert. "He is too much of a chicken!"

Little Robert is accusing me of being a chicken in front of my very best friend Leo because I refused to run down to Donkey Lady Bridge at night. Little Robert knows perfectly well that this is the very same bridge that our father has told us to stay away from, so it's pretty rotten of him to use that as a dare.

Our father had warned us to stay away from Donkey Lady Bridge just two weeks ago.

★ ★ ★ ★ ★ ★ ★ ★ ★ ★ ★ ★

—Verdad o desafío, Max. Tienes que escoger uno —dice Leo.

—No lo va a hacer —dice Robertito—. ¡Es gallina!

Robertito me acusa de ser gallina frente a mi mejor amigo Leo porque me rehúso a correr al puente Doña Burro en la noche. Robertito sabe perfectamente que es el mismo puente del que papá nos ha dicho que nos alejemos, así que es bastante maloso de su parte usar eso como reto.

Nuestro padre nos advirtió que nos alejáramos del puente Doña Burro hace apenas dos semanas.

"Listen. I know that you and Little Robert have been playing out there even after I told you not to. You need to understand that Donkey Lady Bridge can be a very dangerous place."

"Why is it dangerous?" I had asked. "It's just an old bridge with a funny name."

"It's a lot more than that, Max," our father said. "A boy died there."

"Did he drown while he was swimming in the river?" I asked. "Because Little Robert and I are really good swimmers."

"If he had drowned, then his death would have made more sense to everybody. No, the boy was murdered."

"Murdered?" Little Robert's eyes popped out of his head.

"He had deep scratches on his back," my father said. "The police blamed the boy's death on coyotes." Our dad rolled his eyes. "Who's ever heard of coyotes going near that part of the river? No one believed for one second that wild animals killed that kid, but we were all too afraid to say the name of the person who did it."

"Who?" I asked.

"The Donkey Lady, that's who!" my father declared. The mere mention of her name sent a shiver of fear running up my spine.

It was Grandma Sabina who first introduced us to the Donkey Lady. My mother had been furious at her for scaring us with what she called silly stories, but I clung to Grandma's every word.

—Óiganme bien. Ya sé que tú y Robertito han estado jugando allí aunque les dije que no lo hicieran. Deben entender que ese puente puede ser muy peligroso.

—¿Por qué es peligroso? —le pregunté—. Sólo es un viejo puente con un nombre chistoso.

—Es más que eso, Max —dijo nuestro papá—. Un niño murió ahí.

—¿Se ahogó mientras nadaba en el río? —pregunté—. Porque Robertito y yo somos unos excelentes nadadores.

—Si se hubiera ahogado, su muerte habría tenido más sentido para todos. Pero el niño fue asesinado.

—¿Asesinado? —los ojos de Robertito casi le salían de sus órbitas.

—Tenía unos profundos rasguños en la espalda —dijo mi papá—. La policía culpó a los coyotes de su muerte —papá puso los ojos en blanco—. ¿Quién ha oído decir que los coyotes se acerquen a esa parte del río? Nadie creyó, ni por un momento, que al niño lo hubieran matado unos animales salvajes, pero nos dio miedo decir el nombre de la persona que lo había hecho.

—¿Quién fue? —pregunté.

—¡Fue doña Burro! —dijo papá—. Sólo mencionar ese nombre hizo que me diera un escalofrío en la espalda.

La abuela Sabina fue quien nos habló por primera vez de doña Burro. Mi mamá se enojó mucho con ella por asustarnos con historias que ella consideraba tontas, pero yo me obsesioné con cada una de las palabras de mi abuela.

She told us there was a witch whose face and ears looked like an evil donkey's. Grandma Sabina said this horrible monster lived under Donkey Lady Bridge and would jump up and steal children who crossed over her bridge late at night.

"She will come up from under the bridge and grab you," she said, her eyes glistening. "Her eyes are blood red and her claws are as sharp as knives. If you should ever walk across her bridge at night, my children, you had best run. Run as fast as you can!"

"Truth or dare, Max. You have to pick one. Do the dare or tell us who you love!" Little Robert pushes his face up into mine. I have to reveal my secret love for the hazel-eyed girl named Cecilia who used to sit in front of me in art class. Or, I have to run down to Donkey Lady Bridge.

Ai! I hadn't seen Cecilia since Christmas break. She and her family moved to another town, but my sister Rita kept in touch with her sister Marissa. They were best friends. Rita told me that Cecilia and her family were going to come back once school started after summer break. That meant that I would get to see Cecilia again. Maybe if I was lucky I would finally work up the nerve to tell her how I felt about her, but I wasn't holding my breath. I get all tongue-tied whenever I come within five feet of her.

★ Nos dijo que había una bruja que tenía la cara y las orejas de un burro maldito. La abuela Sabina nos dijo que este horrible monstruo vivía bajo el puente y que brincaba y se robaba a los niños que lo cruzaban muy tarde en la noche.

—Sale de abajo del puente y te agarra —dijo ella con la mirada brillante—. Sus ojos son rojos como la sangre y sus uñas son filosas como cuchillos. Si alguna vez llegan a cruzar ese puente en la noche, mis niños, más vale que corran. ¡Corran tan rápido como puedan!

—Verdad o desafío, Max. Escoge uno. ¡Acepta el reto o dinos a quién amas! —Robertito pone su cara frente a la mía—. Tengo que revelar mi amor secreto por Cecilia, la chica de ojos cafés, la que se sienta frente a mí en la clase de arte. O tengo que correr al puente Doña Burro.

¡Ay!, no había visto a Cecilia desde las vacaciones de navidad. Ella y su familia se mudaron a otro pueblo, pero mi hermana Rita seguía en contacto con su hermana Marisa. Eran mejores amigas. Rita me dijo que Cecilia y su familia regresarían después de las vacaciones de verano, eso quería decir que yo volvería a ver a Cecilia. Con suerte y hasta me animaba a confesarle lo que sentía por ella, pero no estaba seguro. Se me traba la lengua cuando me acerco mucho a ella.

"I am not a chicken," I protest.

"Well, prove it," taunts Little Robert. He stands up and runs around the room making clucking sounds like a chicken, then he squats down and begins making grunting sounds as if he is trying to lay a jumbo-size egg.

"I'm not scared!" I cry out. "I would do it," I say, "but the TV weatherman said that there's a storm coming. It's already dark outside."

"It isn't that dark," says Little Robert. "Besides, the weatherman said the storm won't be here for another hour. That's more than enough time for you to run down to Donkey Lady Bridge and back."

I stare at Little Robert. Oh, he drives me crazy! It wouldn't be so bad telling Leo that I liked Cecilia Cantu. He is really good at keeping secrets, but Little Robert is another story altogether. Secrets slip out of him like gas after beans!

"Truth or dare, Max. You have to pick one," Leo reminds me.

"He won't do the dare," says Little Robert again. "He is too much of a chicken!"

"I will do it," I answer. My secret love for Cecilia Cantu will remain a secret.

I head for the door.

I make my way down the dirt road that leads to my grandfather Antonio's old house. I go around the back and walk slowly down to the small wooden bridge where the Donkey Lady is supposed to live.

—No soy gallina —le digo.

—Pues demuéstralo —me reta Robertito—. Se pone de pie y corre alrededor del cuarto haciendo ruidos como gallina, luego se agacha y empieza a pujar como si estuviera poniendo un huevo enorme.

—No tengo miedo —grito—. Sí lo haría, pero el señor que anuncia el clima en la tele dijo que se avecina una tormenta. Ya está bien oscuro afuera.

—No está oscuro —dice Robertito—. Además, el señor dijo que la tormenta tardará todavía una hora en llegar. Tiempo suficiente para que puedas correr al puente y luego regresar.

Me quedo mirando a mi hermano. ¡Me vuelve loco! No tendría nada de malo decirle a Leo que me gusta Cecilia Cantú. Es bueno para guardar secretos, pero ese Robertito es otra cosa. Los secretos se le salen como gases después de comer frijoles.

—Verdad o desafío, Max. Tienes que escoger —me recuerda Leo.

—No hará el desafío —dice Robertito—. Es demasiado gallina.

—Sí lo haré —respondo—. Mi amor secreto por Cecilia Cantú permanecerá secreto.

Me dirijo a la puerta.

Agarro camino por la terracería hacia la casa vieja de mi abuelo Antonio. Le doy la vuelta a la casa y camino despacio, muy despacio, hacia el viejo puente de madera donde se supone que vive doña Burro.

I take a deep breath and run across it as fast as I can. Once I'm on the other side, I grab a branch from off the ground to prove to both Leo and Little Robert that I completed the dare.

I look up. The pitch-black sky is coming alive with flashes of lightning. *The rain will be here soon*, I say to myself and as soon as I do, the rain starts coming down with a vengeance. I can't see! I slip on the wet planks of Donkey Lady Bridge. I hear a sickening "thump" sound. It's my head hitting the wooden floor. I begin to drift somewhere far away.

Did you cross my Bridge? Hee, haw, hee, haw.

"Who's there?" I think I'm asking.

Hee, haw, hee, haw.

I turn and see a dark figure standing on top of Donkey Lady Bridge. *Is that my mother? Has she discovered that I had left home and come looking for me?* If she has, then I am in real trouble.

Did you cross my bridge? asks the black figure again.

This is not my mother. The voice is all wrong. It's not my mother's school-teacher voice. It sounds like a donkey!

"Who are you? What do you want?" I ask.

The black figure is wet from the rain; her clothes cling to her body as if they were a second skin. Her hair coils around her like dancing snakes. Her face is the face of a hideous donkey with horrible red eyes!

Respiro profundo y lo atravieso lo más rápido que puedo. En cuanto llego al otro lado, tomo una rama del suelo para demostrarles a Leo y Robertito que completé el reto.

Miro hacia arriba. El cielo oscuro revive con centellas y relámpagos. "Pronto va a llover", y en cuanto me digo eso, la lluvia empieza a caer con furia. ¡No puedo ver nada! Me subo a las tablas mojadas del puente Doña Burro. Escucho un ruido; es mi cabeza que golpea la madera. Empiezo a irme lejos, muy lejos.

¿Cruzaste el puente?, ji ja, ji ja.

—¿Quién está ahí? —pienso que pregunto.

Ji ja, ji ja.

Volteo y miro una figura oscura parada sobre el puente. "¿Es mi mamá? ¿Ya se dio cuenta que me salí de la casa y me está buscando?" Si es así, estoy en apuros.

—¿Cruzaste mi puente? — me pregunta la figura oscura.

No es mi mamá. Su voz es otra. No es la voz de profesora de mi mamá. ¡Es como la voz de un burro!

—¿Quién eres, qué quieres? —pregunto.

La figura oscura está mojada por la lluvia; su ropa pegada a su cuerpo como si fuera otra piel. Su cabello se enreda a su alrededor como si fueran víboras. ¡Su cara es la de un burro espantoso con ojos horribles y rojos!

"Donkey Lady!" I cry out. I try to get up and run away from her, but I can't get my feet to stand up.

Did you cross my bridge? she demands. She leaps on top of me and grabs me by my shoulders.

"Help me!" I cry out. "Somebody help me!"

Suddenly the Donkey Lady lets go of me. Someone else is here.

Who are you? What do want? she asks.

I'm awfully dizzy but I can just make out the rain-soaked silhouette of a very large man. A mountain of a man. He seems familiar to me somehow, but I can't get my eyes to focus right. That massive chest, those arms the size of canons, where have I seen them before?

The Donkey Lady is creeping up behind the shadowy figure like a jaguar would come up behind its prey. Before I can warn him, she strikes! The suddenness of the blow sends him reeling face first into the mud.

Are you trying to cross my bridge too? the Donkey Lady screams at the fallen figure.

She looks at me again.

It was YOU who crossed my bridge first, so I will get you first! She runs towards me, but the person who fell rises back up to his feet and grabs the Donkey Lady from behind. He presses her up high over his head and then sends her flying out into the air!

"You can't have the boy," yells the shadowy figure; his voice roars louder than thunder.

The Donkey Lady disappears!

—¡Burrona! —grito—. Trato de levantarme y correr, pero no logro ponerme de pie.

—¿Cruzaste mi puente? —demanda saber. Brinca encima de mí y me agarra de los hombros.

—¡Auxilio!—grito—, ¡ayúdenme!

De repente doña Burro me suelta. Alguien más está aquí.

—¿Quién eres, qué quieres? —pregunta.

Me siento muy mareado pero lo logro ver la silueta de un hombre grande, mojada por la lluvia. Un hombre de las montañas. De alguna manera me parece conocido, pero no logro que mis ojos lo enfoquen bien. Ese gran pecho, esos brazos del tamaño de cañones, ¿dónde los he visto?

Como un jaguar tras de su presa, doña Burro se acerca sigilosamente a la figura ensombrecida. Antes de que yo pueda advertirle, ¡ella ataca! La velocidad de su golpe hace que él se tambalee y caiga de cara en el lodo.

—¿Tú también quieres cruzar mi puente? —le grita doña Burro a la figura tirada en el lodo.

Me mira de nuevo.

—¡Eras tú quien cruzó primero mi puente, así que primero acabaré contigo! —corre hacia mí, pero la persona que se cayó se levanta y toma a doña Burro por detrás. La alza sobre su cabeza y la lanza al aire.

—No te puedes llevar al niño —dice el hombre entre las sombras, su voz truena más fuerte que los relámpagos.

¡Doña Burro desaparece!

My eyes grow heavy and the world begins to swirl around me again. The last thing I see before my lights go completely out are two eyes staring back at me from behind the cut-out silhouettes of a silver mask with embroidered orange flames.

★ Mis párpados se vuelven pesados y el mundo empieza a girar a mi alrededor nuevamente. Lo último que veo antes de desmayarme son dos ojos que me observan detrás de las siluetas recortadas de una máscara plateada con llamas naranjas.

4

LALO'S BIG SURPRISE
★ ★ ★ ★ ★ ★ ★
LA GRAN SORPRESA DE LALO

"The Donkey Lady fighting with the Guardian Angel?" My mom's face is all squeezed up trying to understand what I'm telling her. "What in the world are you talking about, Maximilian? Do you even know how crazy you sound right now?" Just as I expected, my mother doesn't believe a single word of what I say has happened to me down at Donkey Lady Bridge.

"Mijo," she says like she is talking to Little Robert, "there is no such person as the Donkey Lady. That's just a silly story your grandmother made up. You must have been seeing things from when you fell.

★ ★ ★ ★ ★ ★ ★ ★ ★ ★ ★ ★ ★

—¿Doña Burro luchó contra el Ángel de la Guarda? —la cara de mi mamá hace una mueca de no entender nada de lo que le digo—. ¿De qué diantres estás hablando, Maximiliano? ¿Te das cuenta de que pareces loco hablando así? Tal como lo esperaba, mi mamá no cree nada de lo que le digo acerca de lo que me sucedió en el puente Doña Burro.

—Mijo —me dice como si estuviera hablando con Robertito—, doña Burro no existe. Sólo es una historia tonta que inventó tu abuelita. Son cosas que de seguro te imaginaste cuando te caíste.

"It must have been a pretty good hit judging from the size of that purple bruise on your forehead. That's what you get for going out late at night and not listening to your father!"

Her school-teacher voice is at full pitch.

"I did see the Guardian Angel," I insist, "and the Donkey Lady is real."

"Maximilian, how would you even know what happened to you at the river? You were unconscious when Lalo found you.

"Lalo?"

"Yes, Lalo. Lalo...was...the...one...who...found...you," says my mother very slowly, like maybe she thinks I won't get it otherwise. "He told me that he had something to show you. When we couldn't find you, Little Robert told us you had gone to Donkey Lady Bridge. Lalo took off after you. He said that he found you unconscious on the bridge and carried you all the way home."

I look into the living room and see Lalo sitting on the sofa. Marisol is drying off his hair with a towel. Well...it could have been him that I saw. He is almost as big as the Guardian Angel.

I guess my mother is right. It must have been Lalo who I saw at Donkey Lady Bridge. Nobody in our town has ever been as big and as tall as Lalo—except for maybe one person.

"Grandpa Antonio had a brother, right?" I ask my mom. I remember seeing a photograph of my grandfather Antonio and his sister, my late great aunt Lydia, standing next to a young man who was as big as Lalo, if not bigger.

Se nota que debió haber sido un golpe muy fuerte nada más de ver el moretón en tu frente. Es lo que te pasa por salir muy noche y no escuchar lo que dice tu papá.

Su voz de profesora a todo volumen.

—Sí, vi al Ángel de la Guarda —insisto—, y doña Burro es real.

—Maximiliano, ¿y cómo se supone que ibas a saber lo que te pasó en el río? Estabas inconsciente cuando Lalo te encontró.

—¿Lalo?

—Sí, Lalo. Lalo... fue... quien... te... encontró —dice mi mamá muy lentamente, como si pensara que no le iba a entender si me lo dijera de otra forma—. Me dijo que tenía algo que enseñarte. Cuando no te encontramos, Robertito nos dijo que habías ido al puente Doña Burro. Lalo fue a buscarte. Dice que te encontró inconsciente en el puente y te trajo cargado a la casa.

Miro hacia la sala y veo que Lalo está sentado en el sofá. Marisol le está secando el cabello con una toalla. Bueno... podría haber sido él a quien vi. Mi tío es tan grande como el Ángel de la Guarda.

Mi mamá debe tener razón. Debió haber sido Lalo a quien vi en el puente Doña Burro. Nadie de nuestro pueblo es tan grande y alto como Lalo... excepto, quizás, otra persona.

El abuelo Antonio tuvo un hermano, ¿verdad? —le pregunto a mamá—. Recuerdo haber visto una fotografía de mi abuelo Antonio y su hermana, mi difunta tía abuela Lidia, parados junto a un joven que era tan grande, o quizás más que Lalo.

"Why?" asks my mom suspiciously. My mom never mentioned my grandfather's brother, but I had heard from others that our grandfather Antonio had a sister—Lydia—and a baby brother.

"Doña Alicia mentioned him the other day."

"What did she tell you about him?" she asks me. She doesn't sound too pleased.

"Nothing much," I answered. "She just told me that his name was Rodolfo and that he looked a lot like Lalo. I was just asking because I was curious about him. She mentioned that he died years ago in Mexico."

"Stop asking silly questions, Maximilian!" Mom says suddenly. "What you should do is get up and thank Lalo for saving you, instead of listening to people who have nothing better to do than to get into other people's business."

I go into the living room where Marisol is fussing over Lalo.

"Lalo, thank you for saving my life."

"It's all right," he answers. "I just wish that I could save you from your father when he gets home."

My father! I had forgotten about him. He was working late, so he hadn't been around for all the craziness involved with my late night excursion to Donkey Lady Bridge.

—¿Por qué? —pregunta mi mamá con sospecha. Mi mamá nunca mencionó al hermano de mi abuelo, pero había escuchado de otras personas que mi abuelo Antonio tuvo una hermana que se llamaba Lidia... y un hermano menor.

—Doña Alicia lo mencionó el otro día.

—¿Qué te dijo acerca de él? —me pregunta. No parece agradarle el tema.

—No mucho —contesto—. Me dijo que su nombre es Rodolfo y que se parecía mucho a Lalo. Preguntaba por pura curiosidad. Mencionó que se murió hace muchos años en México.

—¡Deja de hacer preguntas tontas, Maximiliano! —dice mamá de repente—. Lo que deberías hacer es pararte y darle las gracias a Lalo por salvarte, en lugar de escuchar lo que dicen las personas que no tienen nada mejor que hacer que meterse en la vida de los demás.

Entro a la sala donde Marisol está mimando a Lalo.

—Lalo, gracias por salvarme la vida.

—No hay problema —responde—. Sólo espero poder salvarte de tu papá cuando llegue a la casa.

¡Mi papá! Se me había olvidado. Trabajó tarde, así que no estaba cuando sucedió todo el relajo debido a mi excursión nocturna al puente Doña Burro.

"Don't sweat it," says Lalo. "I'll play cards with your old man to soften him up so he won't go so hard on you. I'll even let him win a few times."

I smile at Lalo. I know my dad would never do anything to hurt me, but I still live in dread of that scolding look he gives me when I do something that disappoints him.

"Well, whatever your punishment is you better just take it and not give your father any grief," says Lalo, "especially if you want to go and see the Guardian Angel."

"See the Guardian Angel?"

He asks Marisol to hand him the duffle bag he had left on the kitchen table. He reaches into it, pulls out a flyer, and hands it to me. I stare at the piece of paper in disbelief. The Guardian Angel was coming to wrestle in San Antonio!

That was what he had wanted to show me.

—No te preocupes —dice Lalo—. Voy a jugar barajas con él para que se tranquilice y no te vaya tan mal. Hasta lo voy a dejar que gane unas veces.

Le sonrío a Lalo. Ya sé que mi papá nunca haría algo para lastimarme, pero aún así me preocupa esa mirada suya, regañona, cuando hago algo que le decepciona.

—Pues cualquiera que sea tu castigo, más vale que lo aceptes sin darle problemas a tu papá —dice Lalo—, si es que quieres ir a ver al Ángel de la Guarda.

—¿Al Ángel de la Guarda?

Le pide a Marisol que le pase la bolsa que dejó en la mesa de la cocina. Mete el brazo, saca un volante y me lo da. Incrédulo contemplo el pedazo de papel. ¡El Ángel de la Guarda vendrá a luchar a San Antonio!

Eso era lo que quería que yo viera.

5

LUCHA LIBRE IN SAN ANTONIO!

¡LUCHA LIBRE EN SAN ANTONIO!

The wrestling arena in San Antonio smells like old cigars. It's packed. As we walk down the aisle, my father and Lalo steer Little Robert and me clear of a broken bottle on the runway.

"Why don't we move further back, mijo?" asks my father. "We're way too close to the ring. It could get dangerous the way the crowd is acting. People will go crazy if the Guardian Angel wins, but they'll go nuts if he loses."

I can't believe my father said that.

★ ★ ★ ★ ★ ★ ★ ★ ★ ★ ★ ★ ★

La arena de lucha libre en San Antonio huele a cigarros viejos. Está llenísima. Mientras caminamos por la hilera de butacas, mi papá y Lalo nos guían a Robertito y a mí para que no pisemos una botella rota en el pasillo.

—¿Por qué no nos sentamos más atrás, mijo? —pregunta mi papá—. Estamos demasiado cerca del cuadrilátero. Podría ser peligroso por la manera en que la multitud está actuando. La gente va a enloquecer si gana el Ángel de la Guarda, pero se pondrá demencial si pierde.

No puedo creer que mi padre haya dicho eso.

"The Guardian Angel never loses!" I tell him. Little Robert holds up the Guardian Angel figurine and waves it in my father's face in confirmation.

Though I know that what I have just said isn't exactly the complete truth. It's true that the Guardian Angel rarely loses. But—well—there have been a handful of times where he has gone down in defeat because his opponents were cheating.

Yes. Cheating!

Tonight the Guardian Angel will be facing two of the most diabolical villains in all of lucha libre. Dressed as a pre-historic caveman, el Cavernario and his tag team partner, the chain-collar wearing Dog-Man Aguayo, have been terrorizing opponents in the ring for the last year. With each victory they get more and more arrogant. Three weeks ago, they had worked up the nerve to challenge the Guardian Angel himself to a fight in the ring.

"He'll never fight us," el Cavernario had assured lucha libre fans. They went on to call the Guardian Angel an old fool. "The future belongs to the young, not to old relics from the past like the Guardian Angel!"

Ah ha! El Cavernario and Dog-Man Aguayo had been proven wrong, for the Guardian Angel not only accepted their challenge, but promised to make them eat their words in San Antonio at the Freeman Coliseum!

The lucha libre show begins with a series of opening bouts that whet our appetites for the main event action.

⭐ —El Ángel de la Guarda nunca pierde —le digo. Robertito levanta la figura del Ángel de la Guarda y la mueve frente a la cara de papá para confirmar lo que dije.

Pero sé que lo que acabo de decir no es la mera verdad. Es cierto que el Ángel de la Guarda rara vez pierde. En algunas ocasiones el Ángel ha caído, derrotado, porque sus contrincantes han hecho trampa.

Así es. ¡Han hecho trampa!

Esta noche, el Ángel de la Guarda se enfrentará a dos de los villanos más diabólicos de la lucha libre. Vestido como un hombre de la prehistoria, el Cavernario, y su compañero el Perro Aguayo, con todo y su cadena en el cuello, han aterrorizado a sus contrincantes sobre el cuadrilátero durante el último año. Con cada victoria se vuelven más arrogantes. Hace tres semanas se atrevieron incluso a retar al Ángel de la Guarda.

—No se atreverá a luchar contra nosotros —dijo el Cavernario a los fanáticos. Hasta dijeron que el Ángel de la Guarda era un viejo tonto. ¡El futuro es de los jóvenes, no de las viejas reliquias del pasado como el Ángel de la Guarda!

¡Ajá! El Cavernario y el Perro Aguayo estaban equivocados. El Ángel de la Guarda no sólo aceptó el reto sino que prometió hacer que se tragaran sus palabras en el Coliseo Freeman de San Antonio.

La lucha libre empieza con una serie de encuentros que nos preparan para la acción del evento principal.

The most memorable match can only be described as a virtual 8.9 earthquake on the Richter scale. This is a bout of gargantuan proportions that sees the irresistible 402-pound man known as the Ton Jackson go toe-to-toe with the immovable 405-pound Big Bad Tamba. Both huge men do the impossible and take to the air as if they were featherweights. The bout comes to an abrupt end when—after forty minutes of red hot lucha libre action—the pint-sized ring official is sandwiched in a mid-ring collision between the two behemoths! The cataclysmic impact renders both fat men unable to continue their battle and sends the ring official to the emergency room in dire need of medical attention.

★ El encuentro más memorable sólo se podría describir como un sismo de 8,9 en la escala de Richter. Es un combate de proporciones gigantescas entre Tonina Jackson, de 402 libras, y el inamovible Big Bad Tamba, de 405 libras. Ambos colosos hacen lo imposible y se lanzan al aire como si fueran pesos pluma. ¡El combate llega a un final abrupto cuando, después de 45 minutos de acción, el pequeño réferi acaba en medio del sandwich que forman al chocar en medio del ring los dos monstruos! El impacto cataclísmico logra que los gordos no puedan continuar y manda al réferi al hospital.

6

ENTER THE TRINITY OF EVIL
★ ★ ★ ★ ★ ★ ★
LLEGA LA TRINIDAD DEL MAL

The preliminaries and semifinal bouts done, the arena promoter enters the ring to personally introduce the participants involved in tonight's incredible main event. One of the two villains begins to make his way down to the ring. Wary fans keep their distance from him because they know that the luchador known as Dog-Man Aguayo isn't above sinking his putrid teeth into anyone he dislikes. Dark snarly curls stream down from his head to sit on his massive shoulders.

"Step back, Max," warns my father. "You don't want to get too close to that monster."

★ ★ ★ ★ ★ ★ ★ ★ ★ ★ ★ ★ ★

Ya terminadas las luchas preliminares y semifinales, el promotor de la arena entra al cuadrilátero para presentar personalmente a los participantes del increíble evento principal. Uno de los dos villanos empieza su caminata hacia el ring. Los precavidos aficionados se mantienen a distancia porque saben que el luchador conocido como Perro Aguayo se atrevería a hundirle sus pútridos dientes a cualquiera que le caiga mal. Rizos oscuros y enmarañados descienden sobre su frente para caer en sus musculosos hombros.

—Aléjate, Max —me advierte mi papá—. No deberías acercarte mucho a ese monstruo.

The crowd jeers even louder when they see that Dog-Man Aguayo isn't making his way to the ring alone.

Dressed entirely in black and holding onto the metal chain that serves as a leash for Dog-Man Aguayo is the hooded figure of Vampire Velasquez.

Before both injury and disgrace had relegated him to the role of being a wrestling manager, the hated Vampire Velasquez had openly boasted of being so evil that he could teach the devil himself a trick or two. As the Vampire enters the ring, he pulls back his hood, revealing the wicked features that a mask had once hidden from the world. The Vampire Velasquez had made the mistake of challenging the Guardian Angel to a mask-versus-mask match. As the hard-fought battle neared its climatic conclusion, the Guardian Angel applied a submission hold, bending the villain's spine as if it were a tree branch being bowed to the snapping point.

"Me rindo, me rindo, I give up!" The audience clearly heard the cries of surrender, but after the Guardian Angel released his hold, the Vampire refused to unmask.

"I never gave up," he hollered at the crowd.

Angered by such blatant cowardice, the Guardian Angel knocked Vampire Velasquez down to the canvas with a single blow and then reapplied the same submission hold he had used moments earlier, forcing Vampire Velasquez to submit yet again!

⭐ El público incluso abuchea más cuando ve que el Perro Aguayo no se acerca solo al cuadrilátero.

Vestida toda de negro mientras sujeta la cadena metálica que sirve de correa para el Perro Aguayo, se ve la figura encapuchada del Vampiro Velásquez.

Antes de que las heridas y la desgracia lo relegaran al papel de ser manager de lucha libre, el odiado Vampiro Velásquez ha fanfarroneado abiertamente de ser tan malo que podría enseñarle al mismo diablo un par de trucos. Cuando el Vampiro sube al ring, se quita la capucha dejando ver las horribles facciones que alguna vez una máscara encubriera. El Vampiro Velásquez cometió el error de retar al Ángel de la Guarda en un combate máscara contra máscara. Cuando la reñida lucha estuvo a punto de llegar a su acalorado fin, el Ángel de la Guarda le aplicó una llave torciendo la columna del villano como si fuera la rama de un árbol que hubiese sido arqueada hasta casi tronarla.

—Me rindo, Me rindo, I give up! —El público oyó claramente los gritos de súplica, pero cuando el Ángel de la Guarda lo soltó, el Vampiro se negó a quitarse la máscara.

—Nunca me di por vencido —vociferó ante la audiencia.

Molesto ante tal desfachatez, el Ángel de la Guarda noqueó al Vampiro Velásquez y lo hizo que cayera directo a la lona de un solo golpe y luego aplicó la misma técnica que había usado momentos antes, ¡forzando al Vampiro Velásquez a rendirse de nuevo!

Having been proven a liar, the hated rule-breaker un-masked—the biggest disgrace of all time—but not before swearing that he would devote his life to bringing about the ruin of the Guardian Angel.

"AARRGGGHHH!"

Suddenly there comes a roar so fierce and primal in its fury that even grown men are frozen in fear. We stare in disbelief at the monster who has just materialized on the runway. His fore-head protrudes, his features are like an ape's. He's el Cavernario and he's as evil-looking as any fiend the Guardian Angel has ever fought both in the ring and on the movie screen. He's bigger than Lalo! His cannon-ball sized hands pull out a wooden club from a leathery pouch draped over his massive back. The monster swings the club wildly in the air and brings it crashing down against the protective guardrail in front of us!

It is then that his bestial eyes make contact with Little Robert! He glares menacingly at the Guardian Angel figurine that my little brother is clutching tightly to his chest. Before my father or Lalo can react, hands large enough to crush a grown man's skull reach out beyond the protective guardrail and tear the wrestling figure from Little Robert's grasp. El Cavernario pops the figurine's plastic cranium into his mouth.

"Crunch!"

Al haberse exhibido como mentiroso, el odiado rompe-reglas se desenmascaró —la mayor deshonra de todas— no sin antes jurar que dedicaría su vida a arruinar al Ángel de la Guarda.

¡AARRGGGHHH!

De pronto, se escuchó un bramido tan temible y primitivo en su furia que incluso paralizó de miedo a los adultos. No dábamos crédito del monstruo que de pronto apareció en la pista con protuberante frente y rasgos de simio. Es el Cavernario y tiene tal pinta de malo como ningún demonio con que el Ángel de la Guarda jamás haya combatido en el ring o la pantalla. ¡Es más grande que Lalo! Sus manos, enormes como cañón, sacan un garrote de madera de una bolsa de cuero que cuelga sobre su monumental espalda. ¡El monstruo hace girar el garrote bruscamente en el aire y lo estrella contra la barandilla protectora que está frente a nosotros!

¡Entonces es cuando sus bestiales ojos hacen contacto con Robertito! Mira amenazadoramente la figurita del Ángel de la Guarda que mi hermanito aprieta contra su pecho; antes de que mi papá o Lalo puedan reaccionar, unas manos lo suficientemente grandes como para triturar el cráneo de un hombre adulto, alcanzan más allá de la barandilla y arrancan la figura del luchador que Robertito sostiene. El Cavernario se mete la cabeza de la figura en la boca.

¡Se oye un crujido!

His putrid teeth gnaw at the little Guardian Angel figurine, pulling and tearing till the decapitation is complete! He smiles grimly and spits the chewed up head out at our feet.

"Here comes the Mayan Prince," cries out the ring announcer. The Guardian Angel has chosen this luchador to be his tag partner.

The Prince's face is concealed by an emerald mask adorned with the image of a winged serpent in flight. He proclaims himself to be the living embodiment of Quetzalcoatl, the greatest of all the Mayan gods. Camera flashes reflect off his bronze skin, while he assures the crowd that victory will soon belong to him and the Guardian Angel. We stamp our feet, chanting *We want the Guardian Angel, we want the Guardian Angel,* shaking the very rafters of the wrestling arena. El Cavernario and Dog-Man Aguayo snarl and roar, growing more and more restless at the mention of their sworn enemy's name! Suddenly the arena lights flicker and then dim.

The crowd watches as the arena spotlight inches its way up the runway until it reflects off a massive figure stepping out of the darkness into the light.

"The Guardian Angel is here!" proclaims the ring announcer. His voice is drowned out by our collective chants.

★ ¡Sus pútridos dientes carcomen la figurita del Ángel de la Guarda, jalándola y haciéndola pedazos hasta que termina decapitándola! Sonríe con gravedad y escupe la cabeza masticada a nuestros pies.

—Aquí viene el Príncipe Maya —grita el presentador. El Ángel de la Guarda ha escogido a este luchador para ser su compañero de batalla.

La cara del Príncipe se esconde tras una máscara esmeralda adornada con la imagen de una serpiente con alas volando. Se jacta de ser la encarnación de Quetzalcóatl, el más grande de los dioses mayas. Las luces de las cámaras se reflejan en su piel color de bronce mientras le asegura al público que la victoria será suya y del Ángel de la Guarda. Pataleamos y coreamos: queremos al Ángel de la Guarda, queremos al Ángel de la Guarda, haciendo temblar las vigas de la arena. ¡El Cavernario y el Perro Aguayo gruñen y braman inquietándose cada vez más ante la mención del nombre de su acérrimo enemigo! De pronto, las luces de la arena parpadean y luego se atenúan.

El gentío mira cómo los reflectores de la arena se alejan por la pista hasta iluminar la colosal silueta que sale de la oscuridad.

—¡El Ángel de la Guarda está aquí! —proclama el presentador; los gritos colectivos ahogan su voz.

Lalo, Little Robert, my father and me rush to get a closer look at the legendary hero, but end up pinned hard against the cold steel of the protective guardrail by the excited crowd.

"Papi, he is going to pass right next to us!" I yell when I see the Guardian Angel come into view. I reach out with my arms as far beyond the guardrail as I possibly can. But my arms don't go far enough. I can't touch him. I am going to miss this moment I had waited for all my life because my arms are too short! I signal for Lalo to hoist me up, but he is too busy making sure that Little Robert is safe from the pushing crowd.

"Don't even think about it, Max," my father screams. *Is he reading my mind*? Before he can react, I climb up the guardrail!

"Max, get off of there!" I hear, just as the crowd pushes my father right into me. He reaches out, but he can't keep me from flipping head first over the guardrail on to the runway. Suddenly the world is spinning all around me. I look up and witness a sight I know I will carry with me until the day I die: the Guardian Angel stands before me clad in his silver wrestling boots and tights, a long orange cape with gold sequins draped over his massive shoulders. My hero's chest is exposed, revealing—like medals of honor—the scars of his historic battles with such men as Tarzan Lopez, Gory Guerrero, Black Gordman and the Gladiator.

★ Lalo, Robertito, mi papá y yo nos precipitamos para ver mejor al héroe legendario, pero terminamos apretados contra el frío acero de la barandilla protectora por la exaltada multitud.

—¡Papi, va a pasar justo a nuestro lado! —grito cuando veo asomarse al Ángel de la Guarda. Estiro mis brazos más allá de la barandilla, lo más que puedo; pero mis brazos no llegan lo suficientemente lejos. ¡Voy a perder este momento que he esperado toda mi vida porque mis brazos son muy cortos! Le hago señas a Lalo para que me alce, pero está muy ocupado mientras se cerciora de que Robertito esté a salvo de los empujones de la muchedumbre.

—Ni se te ocurra pensar en eso, Max —grita mi papá—. ¿Acaso lee mi mente? ¡Antes de que pueda reaccionar me trepo a la barandilla!

—¡Max, bájate de ahí! —escucho en el momento en que el gentío empuja a mi papá justo hacia mí. Me alcanza pero no logra evitar que me escabulla metiendo primero la cabeza por la barandilla y yendo hacia la pista. De repente el mundo gira a mi alrededor. Levanto la vista y soy testigo de una imagen que llevaré conmigo el resto de mi vida: el Ángel de la Guarda está parado frente a mí vestido con sus plateadas botas, leotardo de lucha y con una larga capa naranja con lentejuelas doradas cubriendo sus inmensos hombros. El pecho de mi héroe está descubierto, mostrando, como medallas de honor, las cicatrices de sus batallas históricas con hombres como el Tarzán López, Gory Guerrero, el Negro Gordman y el Gladiador.

The silver mask with the embroidered orange flames shimmers every time the arena spotlights dance around him. He is taller, more imposing than I could ever have imagined. And then?—the Guardian Angel bends down and picks me up off the floor and delivers me into my father's arms.

"You should be more careful, muchacho," says the Guardian Angel with a laugh. "You could have gotten hurt." Right at that moment, the Guardian Angel turns and sees my tío Lalo. There's a strange look in the eyes behind the mask—as if he recognizes Lalo! Lalo's face seems to startle him. But the Guardian Angel turns away abruptly and continues his purposeful stride towards the ring. I watch as he steps through the ropes and takes his place next to the Mayan Prince, but right then, he turns and looks back at Lalo.

What's going on?

La máscara plateada con llamas naranjas resplandece cada vez que los reflectores de la arena danzan a su alrededor. Es más alto e imponente de lo que jamás hubiera imaginado. ¿Y luego? El Ángel de la Guarda se agacha, me alza y me regresa a los brazos de mi papá.

—Deberías tener más cuidado, chamaco —dice el Ángel de la Guarda, riendo—. Te podrían haber lastimado. En ese mismo instante, el Ángel de la Guarda voltea y ve a mi tío Lalo. Hay una mirada extraña en los ojos tras la máscara, ¡como si reconociera a Lalo! La cara de Lalo parece perturbarlo, pero el Ángel de la Guarda se voltea repentinamente y continúa su resuelto andar hacia el cuadrilátero. Veo cómo pasa por las cuerdas y ocupa su lugar a un lado del Príncipe Maya, pero justo en eso, voltea y mira a Lalo.

"¿Qué es lo que pasa?"

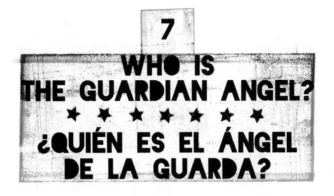

7
WHO IS THE GUARDIAN ANGEL?
★ ★ ★ ★ ★ ★ ★ ★
¿QUIÉN ES EL ÁNGEL DE LA GUARDA?

The Guardian Angel is ready to wage war against the assembled forces of darkness. At first, though, chaos reigns: el Cavernario and the Mayan Prince are fighting outside the ring while the Guardian Angel is inside the ring with Dog-Man Aguayo, but Vampire Velasquez tries to interfere illegally in the match by swinging a folding chair at the Guardian Angel. My hero ducks just in the nick of time. The folding chair hits Dog-Man Aguayo instead. The Guardian Angel climbs on top of the ring ropes and takes careful aim at the dazed Dog-Man Aguayo who is struggling to rise back up to his feet.

★ ★ ★ ★ ★ ★ ★ ★ ★ ★ ★ ★

El Ángel de la Guarda está listo para hacerles la guerra a las unidas fuerzas de la oscuridad. Aunque al principio reina el caos: el Cavernario y el Príncipe Maya luchan fuera del ring mientras el Ángel de la Guarda está adentro con el Perro Aguayo, pero el Vampiro Velásquez trata de interferir ilegalmente en el combate al hacer girar una silla plegadiza contra el Ángel de la Guarda. Mi héroe se agacha justo a tiempo y la silla se estrella contra el Perro Aguayo. El Ángel de la Guarda se trepa sobre las cuerdas del cuadrilátero y se avienta cuidadosamente sobre el atolondrado Perro Aguayo que lucha por ponerse en pie.

The Angel leaps up into the air, flying like a mighty eagle, and comes crashing down on top of the Dog-Man. The ring official drops down to his knees and begins to administer the mandatory count.

"1, 2, 3..." We all count in unison each time the ring official's hand slaps the mat.

The Guardian Angel and the Mayan Prince win!

"I told you he never loses," I tell my father triumphantly.

As we begin to head for the exit, a short bald man dressed in a pearl-white suit and a bright red tie rushes up to us, a security guard huffing and puffing behind him.

"Excuse me, sir, but are you the husband of a woman named Braulia Rodriguez?" he asks my father.

"That's right," says my father. "Why do you want to know?"

"I have instructions to take all of you back to the dressing rooms."

"Instructions from who?" asks my father. "What's going on? Is my wife okay?"

"We paid for our tickets," adds Lalo. "I have the stubs to prove it."

"Nobody is questioning whether you paid for your tickets, sir," says the short man. "I'm just the messenger."

"Who wants to talk to me?" my father wants to know.

"You'll see," says the little man.

We follow him into the dressing rooms. The caveman is talking on his cell phone. Dog-Man Aguayo is wearing a red and black jogging suit and is drying off his hair with a towel. He sees me and gives a low growl. When I take a step back, he bursts out laughing.

El Ángel da una maroma en el aire, vuela como una imponente águila y aterriza sobre el Perro. El réferi se arrodilla y empieza el conteo obligatorio.

—1, 2, 3... —todos contamos al unísono cada vez que la mano del réferi pega en la lona.

¡El Ángel de la Guarda y el Príncipe Maya ganan!

—Te dije que nunca pierde —le reitero a mi padre triunfalmente.

Al dirigirnos hacia la salida, un hombrecillo calvo, vestido de traje aperlado con una corbata roja brillante, se precipita hacia nosotros seguido por un jadeante guardia de seguridad.

—Disculpe señor, ¿es usted el esposo de Braulia Rodríguez? —le pregunta a mi papá.

—Así es —contesta mi papá—. ¿Por qué desea saberlo?

—Tengo instrucciones de llevarlos a los vestidores.

—¿Instrucciones de quién? —quiere saber mi papá—. ¿Qué ocurre? ¿Le pasó algo a mi esposa?

—Pagamos nuestros boletos —agrega Lalo—. Tengo los talones para comprobarlo.

—Nadie pone en duda que hayan pagado sus boletos, señor —dice el hombrecillo—. Sólo soy el mensajero.

—¿Quién quiere hablar conmigo? —insiste mi padre.

—Ya verá —dice el hombrecillo.

Lo seguimos hasta los vestidores.

El Cavernícola habla por celular, el Perro Aguayo viste ropa deportiva negra con rojo y se seca el pelo con una toalla. Me ve y lanza un leve gruñido. Al dar un paso hacia atrás se echa a reír.

"Here we are," declares the little man and knocks on the door.

"This is the room of the Guardian Angel," I tell my father. I point to my hero's name on the door.

"Please come in," says the Guardian Angel as he opens the door. I am starstruck. I can't take my eyes off him. He stares at me through the cut out silhouettes of his silver mask with embroidered orange flames.

"How's your head, kid?" he asks me with a smile as he touches the bruise on my forehead.

"It hurts...it hurts a little," I answer.

"I bet it does. That's one unforgiving concrete floor, huh?" he says, and rubs a bruise that has begun to rise on his own left shoulder. During the wrestling match, Dog-Man Aguayo had scooped up the Guardian Angel and bodyslammed him down hard on the arena's concrete floor.

"Is Braulia with you all? Is she in town too?" he asks my father.

She is in town, but she and Rita and my future tía Marisol opted to go shopping at Market Square instead of coming to see the Guardian Angel wrestle.

"How do you know my wife?" asks my father. "And why do you need to see her?"

"Her father's name was Antonio, right?" asks the Guardian Angel.

"Yes."

"Antonio has a sister named Lydia and a brother named Rodolfo?"

—Hemos llegado —anuncia el hombrecillo y llama a la puerta.

—Éste es el cuarto del Ángel de la Guarda —le digo a mi papá—. Señalo el nombre de mi héroe escrito en la puerta.

—Por favor, pasen —dice el Ángel de la Guarda al abrir la puerta—. Estoy fascinado; no puedo quitarle los ojos de encima. Me mira a través de los orificios de su máscara plateada con bordadas llamas naranjas.

—¿Cómo está tu cabeza, chico? —me pregunta con una sonrisa mientras toca el moretón en mi frente.

—Me duele... me duele un poco —contesto.

—Ya lo creo. Ese piso de concreto es implacable, ¿verdad? —y se frota el moretón que empieza a aparecer en su hombro izquierdo. Durante la lucha, el Perro Aguayo levantó al Ángel de la Guarda y lo azotó contra el piso.

—¿Braulia está con ustedes? ¿Anda también por acá? —le pregunta a mi papá.

Está en la ciudad pero ella, Rita y mi futura tía Marisol prefirieron irse de compras al Market Square en lugar de venir a ver la lucha del Ángel de la Guarda.

—¿De dónde conoce a mi esposa? —pregunta mi padre—. ¿Y por qué necesita verla?

—Su padre se llamaba Antonio, ¿verdad? —pregunta el Ángel de la Guarda.

—Sí.

—¿Antonio tiene una hermana que se llama Lidia y un hermano Rodolfo?

"Had," answers my father. "Lydia died in a car crash and Rodolfo died in a fight in Mexico."

"Lydia is dead?" asks the Guardian Angel. The news seems to leave him momentarily speechless. "I had no idea."

"Who are you?" asks my father.

We all watch as the Guardian Angel lowers his head and loosens the laces behind his mask. He takes a deep breath and then unmasks right before our eyes!

"Rodolfo?" Lalo asks, his mouth dropping open. "Aren't you supposed to be dead?"

—Tuvo —responde mi padre—. Lidia murió en un accidente automovilístico y Rodolfo en una pelea en México.

—¿Lidia murió? —pregunta el Ángel de la Guarda. La noticia parece dejarlo de pronto sin habla—. No tenía idea.

—¿Quién eres? —pregunta mi padre.

Todos vemos cómo el Ángel de la Guarda baja la cabeza y se desata las agujetas de la máscara. ¡Respira profundamente y se desenmascara justo frente a nuestros ojos!

—¿Rodolfo? —pregunta Lalo con la boca abierta—. ¿No se supone que deberías estar muerto?

FAMILY REUNION
REUNIÓN FAMILIAR

"You look ridiculous!" says my mother to tío Rodolfo—my great uncle who is supposed to be dead. The family reunion wasn't going very well.

"A grown man dressed in tights! *¡Dios mío!* What would your brother Antonio say if he could see you now?"

"I'm a luchador," says tío Rodolfo. "This is the way I'm supposed to dress when I work."

"Work? You call that work? You're a clown!"

"A clown?" says tío Rodolfo. "I'm the Guardian Angel!"

—¡Te ves ridículo! —le dice mi mamá al tío Rodolfo, mi tío abuelo que se supone estaba muerto. La reunión familiar no marchaba muy bien.

—¡Un hombre maduro que viste leotardos! My God! ¿Qué diría tu hermano Antonio si te viera?

—Soy luchador —dice el tío Rodolfo—. Así es como se supone que debo vestir cuando trabajo.

—¿Trabajar? ¿Llamas a eso trabajo? ¡Eres payaso!

—¿Payaso? —dice el tío Rodolfo—. ¡Soy el Ángel de la Guarda!

I stare in disbelief at the face that belongs to my tío Rodolfo. I still can't believe that this grey-haired, nearly bald man is the Guardian Angel.

"We never heard from you after you left," says my mother in that I-know-everything voice of hers. She's shaking her index finger at him. "They told us that you died in a fight in Mexico with a knife in your chest. You're supposed to be dead!" Tears are running down my mother's face.

"The Guardian Angel," whispers my father. "All these years it's been you?" He still can't believe that the biggest icon in all of lucha libre was his father-in-law's baby brother.

"What about the stories of the Guardian Angel being Pedro Infante?" questions my mother, pushing right up into her uncle's face.

"Those are just stories," says tío Rodolfo. "Some of them I made up myself, but others I had no control over. You wouldn't believe the crazy ideas people come up with."

"You could have called," says my mother. "A letter—you could have sent us a letter. You could have done something to let us know you were alive! Your brother and sister went to their graves thinking you were dead. Don Miguel himself said that you died in a fight in Monterrey. He said he saw you die!"

Doña Alicia's brother Miguel had been my great uncle's best friend. They were always getting into all sorts of trouble. This was something that didn't sit well with my grandfather, who was trying to get his baby brother to pull his life together.

Me quedo pasmado ante la cara de mi tío Rodolfo. Todavía no puedo creer que este hombre canoso y casi calvo sea el Ángel de la Guarda.

—Nunca volvimos a saber de ti cuando te fuiste —dice mi mamá en esa voz de "tengo razón porque soy la jefa", señalándolo con el dedo índice—. Nos dijeron que habías muerto en una pelea en México, apuñalado en el pecho. ¡Se supone que estás muerto! —las lágrimas corren por la cara de mi mamá.

—El Ángel de la Guarda —susurra mi papá—. ¿Has sido tú todos estos años? Aún no puede creer que la más grande leyenda de la lucha libre sea el hermano menor de su suegro.

—¿Qué hay de las historias de que el Ángel de la Guarda es Pedro Infante? —pregunta mi mamá, acercándose a la cara de su tío.

—Esas son sólo historias —dice el tío Rodolfo—. Algunas yo mismo las inventé, pero no tengo nada que ver con otras. No se imaginan las locuras que se le ocurren a la gente.

—Podrías haber llamado —dice mi mamá—. Una carta, pudiste haber enviado una carta. ¡Podrías haber hecho algo para avisarnos que estabas vivo! Tu hermano y hermana se fueron a la tumba creyendo que estabas muerto. ¡El mismo don Miguel dijo que habías muerto en una pelea en Monterrey! ¡Dijo haberte visto morir!

Miguel, hermano de doña Alicia, había sido el mejor amigo de mi tío abuelo. Siempre se estaban metiendo en problemas; esto era algo que no le parecía a mi abuelo, quien cuidaba que su hermano menor no desperdiciara su vida.

Doña Alicia said that tío Rodolfo was a dreamer. His head had been filled with dreams of fame and fortune. He didn't know how, but he was convinced that he was destined for greatness. The more that my grandfather pushed, the more tío Rodolfo rebelled.

One day he made up his mind and left our small border town never to return. Miguel went with him and returned four years later with the terrible news that Rodolfo had died in a fight.

My grandfather had taken the news hard and blamed himself. He considered himself his brother's keeper, and had often wondered if perhaps things might have been different if he had gone after him instead of just letting him go. He was certain that he had failed his little brother.

"I did get in a fight," says tío Rodolfo, "and I did get stabbed in the chest with a knife." He points to a long scar on the left side of his chest. "That part is true. And I would have died too if it wasn't for the kindness of a man who changed my life."

Tío Rodolfo sits down for a moment and stares into space. "I was young and lost back then, Braulia. I regret leaving the way that I did. I regret not having been there for you and Lalo growing up. I regret not having been there when my brother and sister died."

★ Doña Alicia decía que el tío Rodolfo era un soñador, que se le había llenado la cabeza con aires de fama y fortuna. No supo cómo pero se convenció de que estaba destinado a triunfar. Cuanto más lo presionaba mi abuelo, más se rebelaba el tío Rodolfo.

Un día se decidió y dejó nuestro pueblito fronterizo para nunca regresar. Miguel se fue con él y regresó cuatro años después con la terrible noticia de que Rodolfo había muerto en una pelea.

Mi abuelo tomó muy mal la noticia y se culpó. Se consideraba el protector de su hermano y a menudo se preguntaba si las cosas habrían sido diferentes si hubiera ido por él en vez de dejarlo ir. Estaba convencido de que le había fallado a su hermano menor.

—Sí, me vi involucrado en una pelea —dice el tío Rodolfo— y, sí, me apuñalaron. Señala una gran cicatriz en el lado izquierdo de su pecho. Esa parte de la historia es verdad, y habría muerto de no haber sido por la amabilidad de un hombre que cambió mi vida.

El tío Rodolfo se sienta por un momento y mira al vacío. —Era joven y estaba perdido, Braulia. Me arrepiento por haberme ido de la manera en que lo hice, me arrepiento de no haber estado ahí para ti y Lalo y verlos crecer, me arrepiento por no haber estado ahí cuando mi hermano y hermana murieron.

"What happened to you, Rodolfo?" asks my father. "How did you end up becoming the Guardian Angel?"

"It's a long story," says tío Rodolfo.

"Well, unless you're planning on dying again soon, we've got plenty of time to listen," says my mother. And she sits down and plants her purse on her lap, ready to hear every detail.

—¿Qué pasó contigo, Rodolfo? —pregunta mi papá—. ¿Cómo terminaste siendo el Ángel de la Guarda?

—Es una larga historia —contesta el tío Rodolfo.

—Bueno, a menos que tengas planeado morir de nuevo, tenemos suficiente tiempo para escucharte —interviene mi mamá, y se sienta y se pone la bolsa en el regazo, lista para escuchar todos los pormenores.

9
TÍO RODOLFO'S STORY
★ ★ ★ ★ ★ ★ ★
LA HISTORIA DEL TÍO RODOLFO

Nearly forty years ago in Monterrey, Mexico

"What are you looking at?" asked a man who passed Rodolfo and his girlfriend Luz on the street. He looked—and smelled— like he had been drinking too much beer. "Do you have a problem with the way I talk to the ladies?"

Actually, Rodolfo did have a problem with the way the man was looking at Luz. The drunk man had stopped in his tracks and stared at her. Rodolfo had a problem with that, and with the drunk man interrupting his conversation with Luz. But most of all, Rodolfo had a problem with the circumstances that had brought him to Mexico and to this dead end town called Monterrey.

★ ★ ★ ★ ★ ★ ★ ★ ★ ★ ★ ★ ★

Hace casi cuarenta años en Monterrey, México

—¿Qué miras? —pregunta un hombre que pasó junto a Rodolfo y su novia Luz en la calle. Parecía y olía como si hubiera estado tomando mucha cerveza—. ¿Tienes algún problema con el modo en que le hablo a las mujeres?

De hecho, Rodolfo sí tenía problema por la manera en que el hombre miraba a Luz. El borracho se había detenido súbita- mente y se le había quedado mirando. A Rodolfo le molestó eso y también que el borracho interrumpiera su plática con Luz. Más que todo, a Rodolfo le fastidiaban las circunstancias que lo habían llevado a México y hasta esa ciudad perdida llamada Monterrey.

"Don't say anything, Rodolfo," Luz said. "We don't want to be starting any trouble." But Rodolfo wanted to start trouble. He was itching for a fight.

He'd left his hometown with dreams of making his mark in the world. He believed he was destined for bigger things, but since he came to Monterrey nothing had gone right.

What happened next took place in just a few seconds. The drunk man took a swing at Rodolfo who ducked down, grabbed the man, hoisted him up into the air and slammed him against a wall. The drunk crumbled in a heap on the sidewalk.

Right then, Rodolfo noticed blood—his own. There was a deep gash on the left side of his chest. The drunk must have had a knife. It was a bad cut. He looked around for Luz, but she had run away.

Some girlfriend, he thought as he felt his world spin around and his feet go out from under him. "I am going to die tonight," he heard himself whisper.

"You're not dead yet, muchacho," he heard someone else say.

"Who are you?" asked Rodolfo. He couldn't focus on the man's face.

Then he passed out. When he woke up a few days later, he was in the hospital and an old man was sitting next to him in a chair.

"Who are you?" Rodolfo asked.

"Anaya. Joaquin Anaya." The old man had scars on his right cheek and forehead.

"You saved my life." said Rodolfo.

—No le digas nada, Rodolfo —dijo Luz—. No queremos meternos en problemas. Sin embargo, Rodolfo quería problemas; moría por iniciar una pelea.

Había dejado su pueblo natal con el sueño de hacer algo importante en el mundo. Creía estar destinado a hacer algo grande; pero desde que llegó a Monterrey nada había marchado bien.

Lo que ocurrió después se dio en tan sólo unos cuantos segundos. El borracho le lanzó un golpe a Rodolfo quien agachó la cabeza, agarró al hombre, lo levantó y lo estrelló contra la pared. El borracho quedó derribado sobre la acera.

En eso, Rodolfo vio sangre, su propia sangre. Tenía una profunda cuchillada en el lado izquierdo del pecho; el borracho debía haber tenido un cuchillo pues era una herida grave. Volteó para buscar a Luz pero se había ido corriendo.

"Vaya novia", pensó, mientras todo le giraba en la cabeza y apenas podía estar en pie—. Voy a morir esta noche —escuchó su propio susurro.

—Aún no estás muerto muchacho —oyó decir a alguien más.

—¿Quién eres? —preguntó Rodolfo. Veía borrosa la cara de aquel hombre.

Luego se desmayó. Cuando despertó días después, estaba en el hospital y un anciano estaba sentado en una silla a su lado.

—¿Quién eres? —repitió Rodolfo.

—Anaya, Joaquín Anaya —el hombre tenía cicatrices en la mejilla derecha y en la frente.

—Me salvó la vida —dijo Rodolfo.

"Well, I had some help," Anaya answered. "Hey, you move pretty fast for such a big guy."

"Oh yeah? If I move so fast, then why did I end up with a knife stuck in my chest?"

"I said you move pretty fast for a big man." Anaya nodded his head. "I never said that you were knife proof. You were just lucky I was hanging out with my old luchador buddies or you might be dead right now."

"Are you a luchador?"

"I was once. I called myself the Tempest Anaya."

"I've heard of you," said Rodolfo. "You and Hurricane Ramirez were a tag team back in the day."

"We were more than a tag team. We were world tag team champions."

"So what happened?" Rodolfo wanted to know.

"Hurricane blew out both his knee caps and retired, and I got way too old to wrestle anymore."

"So what does a retired luchador do when he can't wrestle anymore?"

"He trains other luchadores." Anaya laughed. "Which brings me to why I've been sitting by this bed of yours. I have a proposition for you, my friend."

—Bueno, recibí ayuda —contestó Anaya—. Por cierto, te mueves rápido para ser un tipo tan grande.

—¿Ah, sí? Si me muevo tan rápido, entonces ¿por qué terminé acuchillado en el pecho?

—Dije que te mueves rápido para ser un hombre tan grande —Anaya meneó la cabeza—. No dije que fueras a prueba de cuchillos. Tan sólo tuviste suerte de que pasara por ahí con mis viejos compadres luchadores, de lo contrario estarías muerto.

—¿Eres luchador?

—Alguna vez lo fui. Me llamaba Tempestad Anaya.

—Escuché de ti —dijo Rodolfo—. Tú y Huracán Ramírez solían ser compañeros de batalla.

—Éramos más que compañeros. Éramos campeones mundiales.

—¿Y qué pasó? —Rodolfo quería saber.

—Huracán se lastimó las rodillas y se jubiló, yo me hice demasiado viejo para seguir luchando.

—¿Entonces qué hace un luchador jubilado cuando ya no puede seguir luchando?

—Entrena a otros luchadores —se rió Anaya—. Lo cual explica por qué he estado sentado junto a tu cama. Tengo una propuesta que hacerte, amigo.

Two weeks later Rodolfo found himself in an old gymnasium, undergoing the most intense training he had ever been through.

At one point early on, he'd asked the old man, "Why do I have to train so hard?" Sweat was pouring down his sides. "It isn't like I'm going to be fighting anybody for real. It's all show, right?"

The old gymnasium, which had been full of the thumping sounds of gloves against bags, the clicking of jump ropes against the floor and plenty of heavy breathing, suddenly grew silent. The other fighters stared at him in disapproval. Even Anaya gave Rodolfo a quick look of disdain, but recovered quickly. He reminded himself that young Rodolfo was an outsider, new to the world of lucha libre, and thus ignorant of its do's and don'ts. He smiled at Rodolfo.

"You see that man over there," said Anaya, pointing to a bronze-skinned man lacing up a pair of blue wrestling boots. "His wrestling moniker is el Demonio. His real name is Alejandro. He left his job as a railroad worker to pursue his dream of becoming a masked luchador. He has a wife and six kids. One day your life could be in his hands. And vice versa. Every time you and your opponents go out into that ring, you're completely dependent on each other. You have to work together. One wrong move, one missed fall or slight miscalculation can send both of you to the hospital or worse.

⭐ Dos semanas después, Rodolfo ya se sometía al más intenso entrenamiento de su vida, en un viejo gimnasio.

En algún punto previo, le había preguntado al anciano:
—¿Por qué tengo que entrenar tan duro? —el sudor le corría por los lados—. No es que vaya a luchar contra alguien de verdad. Todo es un espectáculo, ¿no?

El viejo gimnasio, que había estado lleno de sonidos, de tremendos golpes de guantes contra costales, de cuerdas para brincar azotando contra el piso y de pesadas respiraciones, pronto se encontró en silencio. Los otros luchadores lo miraban con desaprobación, incluso Anaya le aventó una mirada de desdén pero pronto se apaciguó. Se acordó que el joven Rodolfo era nuevo en el mundo de la lucha libre, y de ahí que fuera ignorante en cuanto a lo que hay y no hay que hacer. Le sonrió a Rodolfo.

—¿Ves a ese hombre de allá? —preguntó Anaya, señalando a un tipo de piel bronceada que se amarraba las agujetas de sus azules botas de lucha—. Su alias es el Demonio, su verdadero nombre es Alejandro. Dejó su trabajo de ferrocarrilero para ir tras su sueño de convertirse en un luchador enmascarado. Tiene esposa y seis hijos. Un día tu vida puede estar en sus manos y viceversa. Cada vez que tú y tus oponentes se suben a ese cuadrilátero, dependen completamente uno del otro; tienen que trabajar en equipo. Un movimiento en falso, una caída fallida o un leve error de cálculo pueden enviar a ambos al hospital o aun peor.

Careers have been cut short and lives lost because of wrestlers who take shortcuts. Learn your basics, mijo. And then, after you have learned them, learn them again.

"Every man in this gym has a dream. They've all sacrificed for that dream. For you to belittle their efforts by making a mockery of what they do in the ring is an insult to them. Whether or not the outcome of a match is pre-determined isn't the point. What matters is that you bring the crowd to its feet, that you make them chant your name. You must get them to either love you so much that your victories will become their victories, or make them despise you to the point where they will pay their hard-earned money to see you have the living daylights beat out of you.

"Soon enough, these men in this gym will become like brothers to you. Treat them with respect and they'll watch your back out there in the ring. Disrespect them and they'll show you just how effectively a leg lock can tear a knee cap apart."

Anaya stopped talking but he could tell from the way Rodolfo stared so hard at the floor that he had heard every word.

"Have you thought of a name?" Anaya asked him. "Every great luchador must have a powerful sounding name behind him. What's yours going to be?"

★ Hay carreras que han sido cortas y se han perdido vidas por luchadores que se van por la vía fácil. Aprende lo fundamental, mijo, y luego, cuando lo hayas aprendido, vuelve a repasarlo.

—Todo hombre en este gimnasio tiene un sueño y todos se han sacrificado por él. Menospreciar sus esfuerzos burlándote por lo que hacen en el ring es un insulto para ellos. Ya sea que el resultado del combate esté arreglado o no, ese no es el punto, lo que importa es tener al público a tus pies, que coreen tu nombre. Tienes que hacer que te amen tanto que tus victorias sean suyas, o hacer que te odien a tal punto que gasten su dinero, que ganan a base de tanto esfuerzo, para asegurarse que tus días estén contados.

—Muy pronto estos hombres en este gimnasio serán como hermanos para ti. Trátalos con respeto y cuidarán tu espalda allá en el ring. Fáltales al respeto y te mostrarán cuán efectiva es una llave en la pierna para tronarte la rodilla.

Anaya dejó de hablar, pero por el modo en que Rodolfo veía fijamente el piso, supo que había escuchado cada palabra.

—¿Has pensado en un nombre? —preguntó Anaya—. Todo gran luchador debe tener un nombre atractivo que lo distinga. ¿Cuál va a ser el tuyo?

"El Angel de la Guarda, the Guardian Angel," Rodolfo declared, looking straight at Anaya. He held up a piece of paper with the sketch of a silver mask with embroidered orange flames.

Six months later Rodolfo found himself in a dressing room lacing up a pair of hand-me-down silver wrestling boots, a gift from his teacher the Tempest Anaya. His muscles were like coiled springs. The hours he had spent in the gym this past six months had paid off in a massive frame and chiseled physique. From a duffle bag he took out a silver mask with embroidered orange flames. He pulled it over his face. The mask's fabric felt rough against his face. Anaya told him that this would change—the mask would become like a second skin to him, practically a mold of his face.

"It might make you go bald though," he had warned him. Rodolfo looked in the mirror and puffed out his chest. He expanded his broad shoulders. The Guardian Angel stared back at Rodolfo.

He narrowed his eyes and whispered, "El Angel de la Guardia."

"Are you ready, muchacho?" asked Anaya. "You and Black Magic will be the opening bout."

"Just follow my lead, kid," said Black Magic.

"I'm ready," says Rodolfo.

"Don't embarrass yourself out there, rookie," yelled Vampire Velasquez from a corner of the dressing room "Maybe one day you might even get to wrestle me in the main event," he added, laughter in his voice.

—El Ángel de la Guarda —declaró Rodolfo mirando con firmeza a Anaya. Le mostró un papel con un bosquejo de una máscara plateada con llamas naranjas.

Seis meses después, Rodolfo ya estaba en un vestidor amarrándose el par de plateadas botas de combate que su maestro Tempestad Anaya le había regalado. Sus músculos parecían resortes; las horas que había entrenado en el gimnasio los últimos seis meses le habían valido un cuerpo robusto y bien formado. Sacó de un petate una máscara plateada bordada con llamas naranjas y se la puso en la cabeza. El material de la máscara se sentía áspero. Anaya le explicó que eso cambiaría, la máscara se sentiría como su propia piel, prácticamente como un molde de su cara.

—Aunque puede hacer que te quedes calvo —le advirtió—. Rodolfo se vio en el espejo y sacó el pecho, estiró sus anchos hombros. El Ángel de la Guarda recordó a Rodolfo.

Entrecerró los ojos y murmuró, "el Ángel de la Guarda".

—¿Estás listo, muchacho? —preguntó Anaya—. Tú y el Magia Negra serán el primer combate.

—Sólo sigue mis pasos, chico —dijo Magia Negra.

—Estoy listo —dijo Rodolfo.

—No pases una vergüenza allá fuera, principiante —gritó el Vampiro Velásquez desde una esquina del vestidor—. Quizá algún día nos toque luchar juntos en el combate estelar —agregó burlándose.

"Maybe," Rodolfo answered. "It would be an honor for me to have your mask in my trophy case."

"Not on your best day, rookie!"

The Guardian Angel turned and began his purposeful stride towards the ring. Young Rodolfo didn't know it, but the minute he stepped out from behind the curtain as the Guardian Angel, everything in his life would change. On that night, the greatest of all lucha libre legends was born.

—Quizá —contestó Rodolfo—. Sería un honor para mí tener tu mascara en mi colección de trofeos.

—¡Ni en tus mejores sueños, principiante!

El Ángel de la Guarda se volteó y se abrió paso hacia el cuadrilátero. El joven Rodolfo no lo sabía, pero en el instante en el que saliera tras la cortina como el Ángel de la Guarda, su vida cambiaría por completo. Esa noche, nació la mayor de las leyendas de la lucha libre.

10
THE HOMECOMING
★ ★ ★ ★ ★ ★ ★
DE REGRESO AL HOGAR

"*¡Ay, Dios mío!*" cries out doña Alicia right before she faints and falls to the floor. Tío Rodolfo and I had decided to go to the Lucky Corner Convenience store to buy some paletas, but the sight of my back-from-the-dead great uncle has been too much for her to deal with. She thought that she was seeing a ghost. After her husband wakes her up with some smelling salts, tío Rodolfo brings them both up to speed on his apparent resurrection.

"Amnesia?" Doña Alicia stares at tío Rodolfo in disbelief. "You had amnesia all these years, and the sight of your nephew Lalo who looks so much like you when you were young made all your memories suddenly return?"

★ ★ ★ ★ ★ ★ ★ ★ ★ ★ ★ ★

—¡Ay, Dios mío! —gritó doña Alicia justo antes de desmayarse y caer al suelo. El tío Rodolfo y yo hemos decidido ir a la tienda Lucky Corner a comprar unas paletas, pero la visión de mi "resucitado" tío abuelo ha sido un tremendo impacto para ella. Doña Alicia pensó que había visto un fantasma. Después de que su esposo la vuelve en sí con la ayuda de sales aromáticas, el tío Rodolfo los pone al tanto de su aparente resurrección.

—¿Amnesia? —doña Alicia mira incrédula al tío Rodolfo—. Sufriste de amnesia todos estos años y, al ver a tu sobrino Lalo, que se parece mucho a ti cuando eras joven, te regresó la memoria así como así?

"My memories hit me like a ton of bricks," affirms tío Rodolfo.

"That's incredible," declares doña Alicia.

The Guardian Angel versus the Crime Syndicate was the title of the movie whose scenario tío Rodolfo had just borrowed to explain his long absence. In the movie, the Guardian Angel suffers a severe blow to the head that causes him to temporarily lose his memory. He is tricked by an evil organization called The Crime Syndicate to become the Fallen Angel, an evil version of the Guardian Angel. Luckily his memory returns just in time for him to put the evil ruffians behind bars where they belong. As the conversation continues between tío Rodolfo and doña Alicia, the subject of her beloved singer Pedro Infante comes up.

"Pedro Infante isn't dead," she assures my tío Rodolfo. "He faked his own death in a plane crash. What's more, I know for a fact that he is secretly none other than the Guardian Angel."

"The Guardian Angel?" says tío Rodolfo. "You really think so?" He looks at the black and white photograph of the singer doña Alicia keeps next to her cash register. "Don't you think he's a little bit too small and skinny to be the Guardian Angel?"

"He works out," says doña Alicia. "Anybody can get big muscles if they work out in the gym all day.

—Me golpeó la memoria como una tonelada de ladrillos —afirma el tío Rodolfo.

—Increíble —declara doña Alicia.

El Ángel de la Guarda contra El Sindicato del Crimen era el título de la película de la que el tío Rodolfo se había sacado una escena para explicar su larga ausencia. En la película, el Ángel de la Guarda sufre un severo golpe en la cabeza que le hace perder la memoria temporalmente. Una organización de malosos llamada El Sindicato del Crimen le tiende una trampa para convertirlo en el Ángel Caído, una versión maligna del Ángel de la Guarda. Por suerte, la memoria le vuela justo a tiempo para poner a los rufianes tras las rejas, lugar al que pertenecen. Mientras la conversación entre el tío Rodolfo y doña Alicia continúa, el tema de su querido cantante Pedro Infante sale a la luz.

—Pedro Infante no está muerto —asegura a mi tío Rodolfo—. Fingió su muerte en un accidente aéreo. Incluso, doy por hecho de que en secreto no es otro más que el Ángel de la Guarda.

—¿El Ángel de la Guarda? —pregunta el tío Rodolfo—. ¿En verdad así lo crees? Mira la fotografía en blanco y negro del cantante que doña Alicia tiene a un lado de la caja registradora. ¿No crees que sea un tanto chiquito como para ser el Ángel de la Guarda?

—Hace ejercicio —dice doña Alicia—. Cualquiera puede adquirir grandes músculos si se ejercita en el gimnasio todo el día.

Just look at you," she adds, getting ready to run off at the mouth. "You must work out a lot. Well, you were always big, but I don't remember you being this big when you left. Just look at you!" She stares at tío Rodolfo's massive arms and very large chest. "Your nephew Lalo takes after you."

"Well," says tío Rodolfo, "now that you mention it, I have heard a rumor that the Guardian Angel does have a beautiful singing voice."

"I knew it!" says doña Alicia. "My Pedrito lives!"

As we're walking back home eating our paletas, I ask tío Rodolfo why he lied to doña Alicia about Pedro Infante being alive.

"I couldn't very well tell her that I'm the Guardian Angel, now could I?" asks tío Rodolfo. "Besides, you saw how happy she looked. What's the harm if she believes that Pedro Infante is secretly the Guardian Angel?"

"You still lied to her, tío. The Guardian Angel isn't supposed to lie."

"It was just a white lie," says tío Rodolfo.

"A lie is still a lie," I tell him. "So is he dead?"

"Is who dead?"

"Pedro Infante," I remind him. "Is Pedro Infante dead?"

"Who knows?" comments tío Rodolfo. "Everybody thought I was dead too, remember? Who's to say whether Pedro Infante isn't secretly alive somewhere?"

★ Tan sólo mírate —agrega, lista para seguir habla y habla—. Seguro que haces mucho ejercicio. Bueno, siempre fuiste grandote, pero no recuerdo que fueras así de corpulento cuando te fuiste. ¡Tan sólo mírate! —se le queda viendo a los inmensos brazos y al ancho pecho del tío Rodolfo—. Tu sobrino Lalo se parece a ti.

—Bueno —dice el tío Rodolfo—, ahora que lo dices, escuché que el Ángel de la Guarda sí tiene una hermosa voz para cantar.

—¡Lo sabía! —afirma doña Alicia—. ¡Mi Pedrito vive! Cuando caminamos de regreso a casa comiendo nuestras paletas, le pregunto al tío Rodolfo por qué le mintió a doña Alicia al decir que Pedro Infante vive.

—No podía confesarle así nada más que soy el Ángel de la Guarda, ¿o sí? —pregunta el tío Rodolfo—. Además tú viste lo contenta que estaba. ¿Cuál es el problema si cree que Pedro Infante es en secreto el Ángel de la Guarda?

—Aun así le mentiste, tío. El Ángel de la Guarda no debería decir mentiras.

—Sólo fue una mentira blanca —dice el tío Rodolfo.

—Una mentira es una mentira —le digo—. ¿Entonces está muerto?

—¿Quién?

—Pedro Infante —le recuerdo—. ¿Pedro Infante está muerto?

—Quién sabe —comenta el tío Rodolfo—. Todo el mundo pensaba que yo también estaba muerto, ¿te acuerdas? ¿Quién podría decir si Pedro Infante no está vivo en secreto en algún lugar?

"I still wish I could tell doña Alicia that you are the Guardian Angel." But I can't because my tío Rodolfo has sworn all of us to secrecy.

"Remember, Max, a luchador's greatest weapon is his mask. Only those who are closest to a masked luchador are aware of his secret identity."

"Well. I agreed to keep your secret, tío Rodolfo, but I have a little demand of my own if you want my silence to continue."

"Blackmail?"

"Not...exactly. I want you to teach me to be a luchador."

"Teach you to be a luchador? Do you want your mother to kill me?" asks tío Rodolfo. "Then I'll really be dead."

"She doesn't have to know."

"Tell you what. I promise that before I return to Mexico, I will teach you a thing or two about being a luchador." Tío Rodolfo has taken a four-week vacation from his lucha libre duties to be with us in the States.

"They let you be gone from work that long?" my father had asked. "You won't get fired?"

"I'm the Guardian Angel," tío Rodolfo answered. "I can be gone as long as I want. Who are they going to get to replace me?"

Desearía poder decirle a doña Alicia que tú eres el Ángel de la Guarda, pero no puedo porque mi tío Rodolfo nos hizo jurar que guardaríamos el secreto.

—Recuerda, Max, el arma más poderosa de un luchador es su máscara. Sólo aquéllos más cercanos a un luchador enmascarado saben su identidad secreta.

—Bueno, prometí guardar el secreto tío Rodolfo, pero tengo una pequeña petición a cambio de mi silencio.

—¿Me estás sobornando?

—No... no precisamente. Quiero que me entrenes para ser luchador.

—¿Entrenarte para ser luchador? ¿Quieres que tu madre me mate? —pregunta el tío Rodolfo—. Ahí sí que estaré muerto.

—No tiene por qué saber.

—Ya sé, te prometo que antes de regresar a México voy a enseñarte un par de cosas sobre cómo ser luchador. El tío Rodolfo se había tomado cuatro semanas de vacaciones para estar con nosotros en Estados Unidos.

—¿Te permiten estar tanto tiempo fuera del trabajo? —mi padre le había preguntado—. ¿No te despiden?

—Soy el Ángel de la Guarda —contestó el tío Rodolfo—. Puedo ausentarme tanto tiempo como quiera. ¿Quién podría sustituirme?

11
OLD IRONSIDES
LA VIEJA LOCOMOTORA

"Max, Rita and Little Robert, hurry up and get in the car," my father yells. "I intend to leave on time for once. It isn't every day that Lalo gets married."

We make our way into the metal monster we call Old Ironsides. No one in the family much cares for dad's junker. It's a family embarrassment. Its original silver paint job is now such a musty gray that it's hard to tell where the factory paint job ends and the car's actual metal frame begins.

★ ★ ★ ★ ★ ★ ★ ★ ★ ★ ★ ★ ★ ★

—Max, Rita y Robertito, dense prisa y suban al coche —grita mi papá—. Por primera vez quiero estar a tiempo. No es de todos los días que Lalo se casa.

Nos metemos en ese monstruo metálico que llamamos la Vieja Locomotora. A nadie en la familia le importa la carcacha de mi papá; es una vergüenza para la familia. Su color plateado ahora es de un mugriento gris que hace difícil diferenciar dónde acaba la pintura original del color metálico de la carrocería.

"She may not look pretty," my father says, "but she has always gotten us where we need to go. This old girl still has a lot of life left in her. She's pure metal. They don't make them like that anymore!"

"Ventura, I wish you had traded in Old Ironsides and bought a new car. Then we could have shown up to Lalo's wedding in style," my mother says.

"Trade in Old Ironsides?" says my father. "Why in the world would I ever want to do that? She's a perfectly good vehicle. Better than most, in fact. Besides, we can't get rid of Old Ironsides. She'll belong to Max once he's old enough to drive."

"What?" I cry out from the backseat.

"Max should definitely get Old Ironsides," agrees Rita. "Since he thinks he's the greatest, he should get the *greatest* car. Right, Max?" She scowls at me.

"When I get old enough to drive, I am going to get me a Corvette," I tell them. "Besides, Rita is two years older than me. She should be the one to get Old Ironsides."

"I'd rather take the bus," Rita says and gives me the cold shoulder.

"A Corvette?" questions my father. "Corvettes are nothing but aluminum and fiberglass. You get in an accident in one of those things, Max, and there won't be enough left of you to scrape off the highway."

"I want a Corvette."

—Puede que no se vea bonita —dice mi papá—, pero siempre nos ha llevado a donde hemos tenido que ir. Esta vieja muñeca todavía tiene mucha vida que dar. ¡Ya no las hacen como antes!

—Ventura, me hubiera gustado que cambiaras la Vieja Locomotora y compraras un coche nuevo, así hubiera podido llegar a la boda de Lalo con estilo —sentencia mi mamá.

—¿Cambiar la Vieja Locomotora? —pregunta mi papá—. ¿A cambio de qué habría hecho algo semejante? Es totalmente un buen vehículo, a decir verdad, mucho mejor que la mayoría. Además, no nos alcanza para deshacernos de la Vieja Locomotora. Será de Max una vez que sea lo suficientemente mayor para conducir.

—¡¿Qué?! —protesto desde el asiento trasero.

—Definitivamente Max debería quedarse con la Vieja Locomotora —Rita concuerda—. Como piensa que él es el mejor, debería quedarse con el mejor coche, ¿no es cierto Max? —me hace una mueca.

—Cuando tenga edad de manejar, voy a comprarme un Corvette —les digo—. Además, Rita es dos años mayor que yo, ella es quien debería quedarse con la Vieja Locomotora.

—Prefiero andar en autobús —comenta Rita con desdén.

—¿Un Corvette? —pregunta mi papá—. Los Corvette no son más que aluminio y fibra de vidrio. Si te accidentas en una de esas cosas, Max, no quedaría mucho de ti por rescatar en la carretera.

—Quiero un Corvette.

"No," says my father. "What you need is metal. It doesn't matter that Old Ironsides here isn't pretty or flashy like a Corvette. What matters is that she is made of solid metal. That's what will protect you when it really counts."

"Dad, they build Corvettes from light materials so they can go fast. You know, *built for speed*."

"Speed?" questions my father. "What do you want speed for? You in a rush to get somewhere?" and with that question my father ends our conversation.

★ —No —dice mi papá—. Lo que necesitas es metal, no importa que la Vieja Locomotora no sea bonita ni llamativa como un Corvette, lo que importa es que está hecha de metal sólido, eso es lo que te va a proteger cuando realmente lo necesites.

—Papá, los Corvette son de materiales ligeros para poder manejar rápido. Ya sabes, construidos para correr.

—¿Correr? —pregunta mi papá—. ¿Para qué quieres correr? ¿Tienes prisa por llegar a alguna parte? —y con esa pregunta mi papá termina la conversación.

12
THE WEDDING CRASHER
★ ★ ★ ★ ★ ★ ★
LA CHOCABODAS

"Poor Lalo," says tío Rodolfo. "He's too young to get married."

"Shut your mouth, Rodolfo," reproaches my mother. "You want him to end up an unmarried old fool like you? All those beautiful women that you kiss in your movies, and not one wanted to marry you."

"*Shhh!* Don't say the name of the Guardian Angel so loud," he warns. "Somebody might hear you."

"I didn't say Guardian Angel! And I want them to hear me!" says my mother. "I want them to know that my late father's baby brother makes his living dressing up in tights and wearing a mask."

★ ★ ★ ★ ★ ★ ★ ★ ★ ★ ★ ★ ★

—Pobre Lalo —dice el tío Rodolfo—. Es muy joven para casarse.

—Cállate, Rodolfo —le reprocha mi mamá—. ¿Quieres que acabe siendo un viejo tonto sin casarse como tú? Y de pensar en todas esas hermosas mujeres que besas en las películas y ninguna quiso casarse contigo.

—¡Shhh! No menciones al Ángel de la Guarda tan fuerte —le advierte—. Alguien te puede escuchar.

—¡No mencioné al Ángel de la Guarda! ¡Y quiero que me escuchen! —dice mi mamá—. Quiero que todo el mundo se entere que el hermano menor de mi padre se gana la vida vistiéndose con leotardos y usando una máscara.

Seems like my mother and tío Rodolfo fight all the time, but I think the fights are in good fun. She loves him and is glad that he's back from the dead, even if she won't bring herself to admit it.

My soon-to-be aunt Marisol Solis looks beautiful in her white embroidered wedding gown. I like Marisol, I really do, though I still miss Lalo's old girlfriend, Sonia Escobedo. She was once a masked luchadora in Monterrey. She used to tell me that she had no equal in the wrestling ring. She even showed me her golden mask with the pink heart on its left cheek that she said was her trademark. She called herself la Dama Enmascarada, the Masked Damsel. She had even offered to teach me to wrestle so that I could one day grow up to be a great luchador like the Guardian Angel.

My mother never liked Sonia.

"A masked lady wrestler?" my mother cried out when she heard about Sonia's past profession. "Lalo, are you crazy?"

The breakup between Lalo and Sonia had been a bad one. Sonia was a very jealous woman. She could be downright violent. She even put Lalo's own cousin Belinda in the hospital with a cracked jawbone because of an innocent little kiss on the cheek that Belinda gave Lalo on his birthday. Sonia had gone berserk at this cousinly show of affection.

Pareciera que mi mamá y el tío Rodolfo se la pasaran peleando todo el tiempo, pero creo que sus discusiones son divertidas. Ella lo adora y aunque no lo admita está orgullosa de que haya resucitado.

La que está a punto de ser mi tía, Marisol Solís, se ve hermosa en su bordado vestido blanco de novia. Me cae bien Marisol, de verdad que sí, aunque todavía extraño a Sonia Escobedo, la ex novia de Lalo. Alguna vez fue luchadora enmascarada en Monterrey; solía decirme que nadie la igualaba en el ring, incluso me mostró su máscara dorada con un corazón rosa en la mejilla izquierda que decía ser su marca distintiva. Se hacía llamar la Dama Enmascarada. Hasta me había ofrecido enseñarme a luchar para que cuando creciera fuera un gran luchador como el Ángel de la Guarda.

A mi mamá nunca le cayó bien Sonia.

—¿Una muchacha enmascarada? —reprochaba mi madre cuando escuchaba sobre la vieja profesión de Sonia—. ¿Estás loco, Lalo?

Se puso feo cuando Lalo y Sonia rompieron. Ella era una mujer muy celosa y podía ser de lo más violenta. Hasta mandó al hospital con la mandíbula rota a la propia prima de Lalo, Belinda, por un besito inocente que le dio a Lalo en el mejilla el día de su cumpleaños. Sonia se puso como loca por esa muestra de afecto entre primos.

Right after that, Lalo said, "Sonia, we have to talk."

"Lalo, I can change," Sonia said right away.

"That's what you say every time something like this happens. You promise me that you will change, but you never do!"

"Lalo, don't do this to me!" she begged him. And then she threatened him: "Don't force me to hurt you, Lalo."

Sonia disappeared shortly after that, and nobody had seen or heard from her since.

"Do you Lauriano take Marisol as your lawfully wedded wife, in sickness and in health, to love and to honor till death do you part?"

I watch as Lalo clears his throat and utters the two words that would bind him to Marisol forever.

"I do."

"Thank God," cries out my mother from the front pew. A look of relief washes over her face.

"Good, very good," says Father Martinez, laughing at my mother. Then he turns his attention to Marisol.

"Do you Marisol take Lauriano as your lawfully wedded husband, to love and honor in sickness and in health till death do you part?"

"I do."

"Well, then, there's nothing left for me to say," says Father Martinez. "I declare you husband and wife. Lalo, you may kiss your new bride." Lalo gives Marisol a little kiss on the lips.

Justo después de eso, Lalo le dijo: —Sonia, tenemos que hablar.

—Lalo, puedo cambiar —dijo Sonia de inmediato.

—Eso es lo que dices cada vez que algo así pasa. ¡Me prometes que vas a cambiar, pero nunca lo haces!

—¡Lalo, no me hagas esto! —le rogó. Y luego lo amenazó—. No me obligues a lastimarte, Lalo.

Poco después de esto Sonia desapareció y nunca nadie volvió a saber de ella.

—Lauriano, ¿aceptas a Marisol como legítima esposa, en enfermedad y salud, para amarla y honrarla hasta que la muerte los separe?

Miro cómo Lauriano aclara su garganta y pronuncia las palabras que lo unirán con Marisol para siempre.

—Sí, acepto.

—¡Gracias a Dios! —chilla mi madre desde el banco de enfrente; se le ve cara de alivio.

—Bien, muy bien —dice el Padre Martínez, riendo al escuchar a mi madre. Luego se dirige a la novia.

—Marisol, ¿aceptas a Lauriano como tu legítimo esposo, para amarlo y honrarlo en enfermedad y salud hasta que la muerte los separe?

—Sí, acepto.

—Bien, entonces no hay más que decir —dice el Padre Martínez —, los declaro marido y mujer. Lalo, puedes besar a la novia. Lalo le da un besito en los labios.

"You call that a kiss?" Marisol says loudly. "Oh no, honey, this is a kiss," and she grabs Lalo by the hair and pulls him down hard to plant a solid lip lock on him. I guess she wants to make sure all Lalo's ex-girlfriends know he is definitely off the market. We burst out laughing and begin to chant, "Lalo, Lalo, Lalo!"

Lalo hoists Marisol up into the air and sits her on his right shoulder. He makes his way towards the church exit where we are crowding up to throw rice.

Crash!

"¡Dios mío!" cries Marisol. Lalo's red pickup truck comes pummeling through the church wall! The people sitting in the front pews scatter out of the way as the truck comes to a screeching halt in front of the church piano.

We stare in amazement at the mangled remains of Lalo's truck.

"What's going on? Who would do such a thing?" asks Father Martinez, but nobody answers. Tío Rodolfo heads for the truck.

"There's nobody sitting in the driver's seat," he calls out. "Somebody jammed a 2x4 between the seat and the gas pedal!" Tío Rodolfo reaches inside the truck and pulls out a golden wrestling mask with a pink heart embroidered on its left cheek.

La Dama Enmascarada!

Lalo's eyes narrow.

"Who would do such a horrible thing to you, Lalo?" Marisol wants to know, but he still won't answer.

—¿A eso le llamas besar? —grita Marisol—. Ah, no, cariño, esto es besar —y agarra a Lalo del cabello y lo jala con fuerza para plantarle un besote—. Adivino que quiere asegurarse de que todas las ex novias de Lalo sepan que definitivamente está fuera del mercado. Todos rompemos a reír y coreamos ¡Lalo, Lalo, Lalo!

Lalo carga a Marisol y la sienta sobre su hombro derecho, se dirige hacia la salida de la iglesia donde la multitud les avienta arroz.

¡Crash!

—¡Dios mío! —chilla Marisol—. ¡El pickup de Lalo cruza estrepitosamente una pared de la iglesia! La gente sentada en los bancos de enfrente se avienta a los lados mientras la camioneta de pronto se detiene frente al piano de la iglesia.

Todos miramos con sorpresa lo que queda del pickup de Lalo.

—¿Qué ocurre? ¿Quién haría algo semejante? —pregunta el Padre Martínez, pero nadie contesta—. El tío Rodolfo camina hacia el pickup.

—No hay nadie en el asiento del conductor —nos comunica—. ¡Alguien atascó una 2x4 entre el asiento y el pedal! El tío Rodolfo se mete al vehículo y saca una máscara dorada con un corazón rosa bordado en la mejilla izquierda.

¡La Dama Enmascarada!

Los ojos de Lalo se abren.

—¿Quién te haría una cosa tan horrible, Lalo? —Marisol quiere saber, pero él no contesta.

13
THE MASKED DAMSEL
★ ★ ★ ★ ★ ★ ★
LA DAMA ENMASCARADA

"You broke up with Sonia Escobedo?" asks my tío Rodolfo. "Are you suicidal?"

My tío Rodolfo had laughed out loud when he found out that Lalo had dated Sonia Escobedo, the former luchadora from Monterrey.

"I will be the first to admit that she's a beautiful woman, mijo, but have you ever seen her wrestle? That woman is a savage in the ring!"

Lalo had never seen Sonia wrestle, but he couldn't bring himself to condemn her.

"She's not that bad, tío," says Lalo.

★ ★ ★ ★ ★ ★ ★ ★ ★ ★ ★ ★ ★

—¿Rompiste con Sonia Escobedo? —pregunta el tío Rodolfo—. ¡¿Acaso eres suicida!?

Mi tío Rodolfo se echó a reír cuando supo que Lalo había salido con Sonia Escobedo, la ex luchadora de Monterrey.

—Seré el primero en admitir que es una hermosa mujer, mijo, ¿pero alguna vez la has visto luchar? ¡Esa mujer es una salvaje en el ring!

Lalo nunca la había visto luchar pero no le daba por condenarla.

—No es tan mala, tío —dice Lalo.

"Not that bad? She totaled your truck by driving it through a church wall on your wedding day," says tío Rodolfo. "Did you see the size of the hole in the wall?

"Mijo, la Dama Enmascarada used to challenge me all the time back when she was still wrestling in Monterrey. Publicly, I always said that I was too much of gentleman to wrestle a woman, but, really, I wasn't so sure I could actually beat her. La Dama Enmascarada never gives up, Lalo," warns tío Rodolfo. "If she is out to get you, she will. You remember that."

This warning from tío Rodolfo makes Lalo nervous.

"If you know where she is, I could go talk to her," says tío Rodolfo. "Maybe I can get her to lay off you and your wife."

"Why would she listen to you?" asks Lalo. This question makes tío Rodolfo laugh. He stands up, places his fists on the table, leans over and looks Lalo in the eyes.

"Lalo, I am the Guardian Angel," he asserts with authority. "She will listen to the Guardian Angel."

"Yeah? What are you going to tell her?"

"I'll make her an offer she can't refuse," says tío Rodolfo smiling just like Marlon Brando in *The Godfather*.

"What?"

"I'll give her the one thing she's always wanted and never been able to get," says tío Rodolfo.

"And what exactly is that?"

"Me."

—¿No es tan mala? Destruyó por completo tu camioneta estrellándola a través de la pared de la iglesia el día de tu boda —dice el tío Rodolfo—. ¿Viste el tamaño del hueco en la pared?

Mijo, la Dama Enmascarada solía retarme todo el tiempo cuando luchaba en Monterrey. Siempre dije en público que era todo un caballero como para luchar con una mujer; pero, en verdad, no estaba tan seguro de poder vencerla. La Dama Enmascarada nunca se da por vencida —le advierte el tío Rodolfo—. Si va tras de ti, lo hará; tenlo en cuenta.

Esta advertencia del tío Rodolfo puso nervioso a Lalo.

—Si sabes dónde está, yo podría hablar con ella —dice el tío Rodolfo—. Quizá puedo convencerla de que los deje en paz, a ti y a tu mujer.

—¿Por qué habría de escucharte? —pregunta Lalo. La pregunta hace reír al tío Rodolfo. Se pone de pie, coloca sus puños en la mesa, se acerca a Lalo y lo mira a los ojos.

—Lalo, soy el Ángel de la Guarda —afirma con autoridad—. Ella sabrá escuchar al Ángel de la Guarda.

—¿Ah, sí? ¿Qué le vas a decir?

—Le voy a hacer una oferta que no podrá rechazar —dice el tío Rodolfo sonriendo justo como Marlon Brando en El Padrino.

—¿Qué oferta?

—Le voy a dar algo que siempre ha querido y que nunca ha podido conseguir —dice el tío Rodolfo.

—¿Y exactamente qué es eso?

—Yo.

"Are you going to wrestle her, tío?" I ask.

"Maybe," says tío Rodolfo. "She's always wanted to face me in the ring, Max."

"But the Guardian Angel can't wrestle a woman," I declare in protest. "It's not right."

"Don't worry, Max," says tío Rodolfo. "I have a plan."

—¿Vas a luchar contra ella, tío? —le pregunto.

—Quizá —dice el tío Rodolfo—. Siempre me ha querido enfrentar en el ring, Max.

—Pero el Ángel de la Guarda no pelea con mujeres —declaro en protesta—. No es correcto.

—No te preocupes, Max —dice el tío Rodolfo—. Tengo un plan.

14

THE BACK BREAKER HAVEN
★ ★ ★ ★ ★ ★ ★
EL PARAÍSO DE LA QUEBRADORA

"What I am talking about is doing a lucha libre fundraiser for the church so they can fix the hole in the wall that some fool made when they drove a truck through it," explains tío Rodolfo as he pulls up a chair and sits down to speak with Sonia Escobedo.

We learned that Sonia had opened a little restaurant in a neighboring town. She had named the place The Back Breaker Haven. The inside of the restaurant was a shrine to the lucha libre superstars of both the past and the present. In the very center stood a portrait of the Guardian Angel sporting the world wrestling championship belt around his waist.

★ ★ ★ ★ ★ ★ ★ ★ ★ ★ ★ ★ ★

—Lo que digo es que se haga una cooperación de lucha libre para la iglesia y así puedan arreglar el hueco en la pared que algún lunático hizo al estrellar una camioneta —explica el tío Rodolfo mientras jala una silla y se sienta para hablar con Sonia Escobedo.

Supimos que Sonia había abierto un pequeño restaurante en un pueblo cercano, había nombrado el lugar El Paraíso de la Quebradora. El interior del restaurante era un santuario para las estrellas de la lucha libre, tanto luchadores veteranos como contemporáneos. En el mero centro se encontraba un retrato del Ángel de la Guarda luciendo el cinturón del campeonato mundial de lucha.

Right next to it was a photograph of la Dama Enmascarada.

Sonia had confided to me once that the Guardian Angel was her hero. If she had been born a man, she would have wanted to be him, the Guardian Angel: my tío Rodolfo! But she didn't know that part. Not yet.

When she was a little girl, she saw my uncle fighting against Vampire Velasquez at an old wrestling arena in Monterrey. It was because she admired him so much that she pursued a career as a masked luchadora. To wrestle with him—or against him for that matter—would be a dream come true for her.

"Why should I care what the church needs?" asks Sonia. "I don't even go to church. I also don't give to charities."

"I'm not asking for money," says Rodolfo.

"Then what exactly are you asking for, señor?" Sonia wants to know.

"What I am asking is for Sonia Escobedo to once again become la Dama Enmascarada," says Rodolfo. "I want la Dama Enmascarada to live again."

"I don't know who you're talking about," says Sonia, but her eyes betray her shock at my uncle's knowledge of her alter ego. She gives me a scornful stare. I shake my head. I want to make it perfectly clear to Sonia that I haven't given away her secret.

★ A su lado estaba una fotografía de la Dama Enmascarada.

Sonia me había confiado alguna vez que el Ángel de la Guarda era su héroe. De haber sido hombre le habría gustado ser como él, el Ángel de la Guarda: ¡mi tío Rodolfo! Sin embargo ella no sabía esa parte; al menos aún no.

Cuando era niña vio a mi tío pelear contra el Vampiro Velásquez en una vieja arena en Monterrey. Decidió seguir la carrera de luchadora enmascarada por la gran admiración que le tenía. Pelear con él, o contra él como fuera el caso, sería un sueño hecho realidad.

—¿Por qué habría de importarme lo que la iglesia necesita? —pregunta Sonia—. Ni siquiera voy a la iglesia, y ni doy limosna.

—No te estoy pidiendo dinero —dice Rodolfo.

—¿Entonces qué es exactamente lo que pide, señor? —desea saber Sonia.

—Lo que pido es que Sonia Escobedo sea una vez más la Dama Enmascarada —dice Rodolfo—. Quiero que la Dama Enmascarada regrese.

—No sé de qué habla —dice Sonia, pero sus ojos traicionan su consternación ante el conocimiento de su álter ego por parte de mi tío—. Me echa una mirada desdeñosa y niego con la cabeza, quiero dejarle claro que yo no fui quien reveló su secreto.

"Well, just listen to me then," says Rodolfo. "What I am offering la Dama Enmascarada—if you happen to be her—is a chance to return to the ring once more. I am offering her a chance to wrestle in a six-man tag team match—which will raise funds for the church."

"Let's just say I was this so-called Dama Enmascarada," says Sonia carefully. "Who would my tag team partners be?"

"Dog-Man Aguayo, for starters," reveals tío Rodolfo.

"I love him!" Sonia nearly jumps out of her chair. "I saw him wrestle once in Matamoros. He bit the ring official on the hand! He even chased him around the ring." Now Sonia is very interested. "Who else?"

"Does the name Santiago Velasquez ring a bell?"

"The Vampire? The Vampire Velasquez is a genuine lucha libre legend, but he doesn't wrestle anymore. Why would he come out of retirement?"

"Vampire Velasquez and I go way back," says tío Rodolfo. "I'm godfather to his youngest son in fact. Trust me, he will show."

"Who will we be wrestling against?" asks Sonia.

"The Aztec Princess, for starters," says tío Rodolfo.

"Ohhh, she's good," declares Sonia. "I've seen her on television. She is a bit young, but she could blossom into something special—given time."

"They say she might even be better than la Dama Enmascarada," adds tío Rodolfo.

"Who says?"

—Bueno, entonces sólo escucha —dice Rodolfo—. Lo que le propongo a la Dama Enmascarada, en el caso de que seas tú, es la oportunidad de regresar una vez más al cuadrilátero. Le estoy ofreciendo la posibilidad de combatir en una lucha de relevos australianos que recaudará fondos para la iglesia.

—Digamos que yo fuera la llamada Dama Enmascarada —dice Sonia con cautela—, ¿quiénes serían mis compañeros?

—Para empezar, el Perro Aguayo —revela el tío Rodolfo.

—¡Lo adoro! —Sonia casi brinca de su silla—. Una vez lo vi luchar en Matamoros. ¡Le mordió la mano al réferi! Incluso lo persiguió por el cuadrilátero —ahora Sonia está muy interesada—. ¿Quién más?

—¿Te suena el nombre de Santiago Velásquez?

—¿El Vampiro? El Vampiro Velásquez es una auténtica leyenda de la lucha libre, pero ya no lucha. ¿Por qué saldría de su retiro?

—El Vampiro Velásquez y yo nos conocemos de hace tiempo —dice el tío Rodolfo—. De hecho, soy padrino de su hijo menor. Créeme, va a aceptar.

—¿Contra quién lucharíamos? —pregunta Sonia.

—La Princesa Azteca, para empezar — dice el tío Rodolfo.

—Ahhh, es buena —declara Sonia—. La he visto en televisión; es un tanto joven, pero podría ser prometedora, con el tiempo, claro.

—Dicen que podría llegar a ser mejor que la Dama Enmascarada —agrega el tío Rodolfo.

—¿Quién dice?

"You know—the fans."

"How quickly they forget," comments Sonia. "On her best day, the Aztec Princess doesn't begin to measure up to la Dama Enmascarada. Who else would I be wrestling against?"

"El Toro Grande, the Big Bull," says tío Rodolfo.

"Never heard of him."

"He's a newcomer who happens to be my nephew," says tío Rodolfo. "His name is Lauriano Rodriguez. Perhaps you know him?"

"Lalo? My Lalo?" She turns to look at me.

"The one and only," I answer.

Sonia bursts out laughing. A mischievous smile forms on her lips.

"Lalo is going to be a luchador? This is going to be fun. Who will their wrestling partner be," asks Sonia.

"The Guardian Angel," declares Rodolfo loudly. The mention of the name nearly makes Sonia fall out of her chair.

"The Guardian Angel?" questions Sonia. "We're talking about the real Guardian Angel here, right, not some phony in a mask?"

"The one and only," answers Rodolfo. "It's what you've always wanted, isn't it, to get the Guardian Angel in the ring?"

"You're him, aren't you?" asks Sonia, her voice trembling. Her eyes widen even further with another sudden realization, "and Lalo is your nephew. Lalo is the nephew of the Guardian Angel!"

—Ya sabes… los admiradores.

—Qué rápido se olvidan —comenta Sonia—. Ni en su mejor día la Princesa Azteca podría compararse con la Dama Enmascarada. —¿Con quién más lucharía?

—Con el Toro Grande —dice el tío Rodolfo.

—Nunca he oído hablar de él.

—Es un principiante que precisamente es mi sobrino —dice el tío Rodolfo—. Su nombre es Lauriano Rodríguez. Quizá lo conozcas.

—¿Lalo? ¿Mi Lalo? —voltea a verme.

—El mero mero —le digo.

Sonia se echa a reír y una pícara sonrisa asoma en sus labios.

—¿Lalo va a ser luchador? Eso va a ser divertido. ¿Quién va a ser su compañero de lucha? —pregunta Sonia.

—El Ángel de la Guarda —declara Rodolfo en voz alta. A la mención del nombre Sonia casi se cae de la silla.

—¿El Ángel de la Guarda? —dice Sonia—. ¿Estamos hablando del auténtico Ángel de la Guarda, verdad, no un farsante enmascarado?

—El único y auténtico Ángel de la Guarda —contesta Rodolfo—. ¿No es lo que siempre has querido, llevarlo al ring?

—¿Eres él, verdad? —pregunta Sonia, con voz temblorosa y los ojos se le abren aún más con otra repentina revelación—, y Lalo es tu sobrino. ¡Lalo es el sobrino del Ángel de la Guarda!

"So, do we have a deal?" asks tío Rodolfo. "La Dama Enmascarada, Dog-Man Aguayo and Vampire Velasquez versus the Aztec Princess, el Toro Grande and the Guardian Angel?"

"We have a deal," answers Sonia. "But let me ask you a question."

"Shoot."

"This isn't just about a church fundraiser, is it?" asks Sonia. "This isn't even about me leaving Lalo and his precious little wife alone. This is about something bigger. What are you really up to?"

—Entonces, ¿tenemos trato? —quiere saber el tío Rodolfo—. La Dama Enmascarada, el Perro Aguayo y el Vampiro Velásquez contra la Princesa Azteca, el Toro Grande y el Ángel de la Guarda?

—Trato hecho —contesta Sonia—. Pero déjame hacerte una pregunta.

—Dime.

—Esto no es sólo una recaudación de fondos para la iglesia, ¿verdad? —pregunta Sonia—. Tampoco es para que yo deje en paz a Lalo y a su amada fulana. ¿Qué es lo que en verdad pretendes?

15
THE VAMPIRE IS HERE
★ ★ ★ ★ ★ ★ ★
EL VAMPIRO ESTÁ AQUÍ

"The Vampire is here!" yells Little Robert. He recognizes him from the lucha libre show in San Antonio.

"Muchacho, are you going to invite me in?" the Vampire wants to know. The old luchador smiles to reveal some very large and pointed white teeth.

"The Vampire is here," Little Robert yells louder, "and I think he's hungry."

"Compadre," declares tío Rodolfo, as he rises up from his chair and gives his sworn enemy from the ring a great big abrazo. *"¿Cómo está la familia?"*

★ ★ ★ ★ ★ ★ ★ ★ ★ ★ ★ ★ ★

—¡El Vampiro está aquí! —grita Robertito—. Lo reconoce del espectáculo de lucha libre en San Antonio.

—Muchacho, ¿me vas a invitar a pasar? —el Vampiro quiere saber. El viejo luchador sonríe enseñando un larguísimo y puntiagudo diente blanco.

—El Vampiro está aquí —grita Robertito más fuerte—, y creo que está hambriento.

—Compadre —menciona el tío Rodolfo mientras se levanta de su silla y le da un fuerte abrazo a su acérrimo enemigo del cuadrilátero—. *How's the family?*

This is weird, I think to myself as I see the two biggest rivals in all of lucha libre history greet one another like long-lost brothers. *No one would believe this even if told them.*

The battles between my uncle and Vampire Velasquez were more than just spectacular, they were timeless classics! The Guardian Angel has fought Vampire Velasquez more times than I can remember. Over their long careers, they traded the lucha libre world heavyweight title a record fifteen times. Still, here is my tío Rodolfo happily introducing Vampire Velasquez to the family. Father Martinez is here too. He had come to get everything squared away for the lucha libre church fundraiser.

At first Father Martinez was skeptical about doing a lucha libre fundraiser to repair the damage done to the church during Lalo's wedding. But, after he figured out that tío Rodolfo was really the Guardian Angel, he agreed.

Finally Vampire Velasquez turns his hypnotic gaze towards me. "How are you?"

I don't know what to say. I just stare at the grey-haired man dressed in a black turtleneck sweater with matching slacks. His black raincoat looks like a long flowing cape.

"¿No hablas muchacho?" he asks me but I don't answer. I can't help staring at his teeth—they look like fangs!

"A young man of few words," declares Vampire Velasquez laughing. "I like that."

★ "Esto es raro", pienso al ver a los dos grandes rivales en la historia de la lucha libre saludarse como hermanos que se ven después de mucho tiempo. "Nadie me creería esto si se lo dijera".

Las peleas entre mi tío y el Vampiro Velásquez eran más que sólo espectaculares, ¡eran realmente clásicas! El Ángel de la Guarda ha luchado contra el Vampiro Velásquez más veces de lo que puedo recordar. A lo largo de sus carreras, entre los dos tuvieron el título mundial de peso completo un récord de quince veces. De cualquier manera, aquí está mi tío Rodolfo de lo más alegre presentando al Vampiro Velásquez a la familia. El Padre Martínez también está aquí, le toca organizar todo lo concerniente a la recaudación de fondos para la iglesia.

Al principio, el Padre Martínez tenía sus dudas sobre hacer una función de lucha libre para recaudar fondos para reparar los daños de la iglesia durante la boda de Lalo, pero aceptó cuando se enteró causados a que el tío Rodolfo era realmente el Ángel de la Guarda.

Finalmente, el Vampiro Velásquez dirige su hipnótica mirada hacia mí.

—¿Cómo estás?

No sé qué decir. Sólo me quedo mirando al hombre canoso vestido con un suéter de cuello de tortuga y pantalones negros. Su gabardina negra parece una larga capa.

—*Don't you talk, kid?* —me pregunta pero no contesto—. No puedo dejar de ver sus dientes... ¡parecen colmillos!

—Un muchacho de pocas palabras —declara el Vampiro Velásquez, riendo—. Eso me gusta.

"It's good to see you, compadre," says Vampire Velasquez to tío Rodolfo. "Have you heard what they are saying about you in the news? That you're dead!"

"It will make it that much sweeter when I make my triumphant return to the ring," says tío Rodolfo.

"At your age you had better forget about triumphant, and just be grateful that you can return," comments the Vampire. "Seriously, Rodolfo, how long do you think you can keep on wrestling?"

"That's what I keep asking him," says my mother.

Rodolfo laughs off their comments, "I'm not quite ready for a nursing home."

"So where's this protégé you mentioned?" asks Vampire Velasquez.

"Protégé?" questions my mother. "Now hold on one minute," she says suspiciously. "What are you up to, Rodolfo, and does Lalo have anything to do with it?"

"It's okay, Braulia," says tío Rodolfo. "Lalo is just going to be one of my tag team partners against la Dama Enmascarada, Dog-Man Aguayo and the Vampire here."

"La Dama Enmascarada! We are talking about Sonia Escobedo here," declares my mother. "And that woman is crazy! She's going to kill Lalo!"

— Es un gusto verte, compadre —le dice el Vampiro Velásquez al tío Rodolfo—. ¿Has escuchado lo que dicen de ti en las noticias? ¡Que estás muerto!

—Eso hará más fascinante mi regreso triunfal al ring —dice el tío Rodolfo.

—A tu edad sería mejor que te olvidaras de ganar y deberías mejor estar agradecido de que puedas regresar —comenta el Vampiro—. En serio, Rodolfo, ¿por cuánto tiempo más crees que puedes seguir luchando?

—Me la paso preguntándole lo mismo —dice mi mamá.

Rodolfo se ríe de sus comentarios. —Todavía no estoy listo para retirarme a un asilo.

—¿Y dónde está ese protegido que dices? —pregunta el Vampiro.

—¿Protegido? —pregunta mi mamá—. Esperen un segundo —dice con un tono de sospecha—. ¿Qué están tramando, Rodolfo? ¿Lalo está involucrado en esto?

—Todo está en orden, Braulia —dice el tío Rodolfo—. Lalo tan sólo va a ser uno de mis compañeros contra la Dama Enmascarada, el Perro Aguayo y el Vampiro aquí presente.

—¡La Dama Enmascarada! Estamos hablando de Sonia Escobedo —declara mi mamá. ¡Esa mujer está loca! ¡Va a matar a Lalo!

147

16
THE PROTÉGÉ
EL PROTEGIDO

"So you like this brown-eyed girl named Cecilia?" the Vampire Velasquez asks. He is sitting on top of Lalo's back while Lalo is doing pushups. "Have you told her your feelings?"

"11, 12..." grunts Lalo as he lifts himself and Vampire Velasquez up with each push of his arms.

"No, he hasn't," says nosy Rita. "He think he's so great, but he doesn't have the guts to talk to her, let alone ask her to be his girlfriend."

Rita is right, though I wish she wasn't. I don't have the guts to speak to Cecilia. Still, Rita didn't have to tell Vampire Velasquez.

★ ★ ★ ★ ★ ★ ★ ★ ★ ★ ★ ★

—¿Así que te gusta esa chica de ojos café que se llama Cecilia? —pregunta el Vampiro Velásquez. Está sentado en la espalda de Lalo mientras éste hace lagartijas—. ¿Le has confesado tus sentimientos?

—11, 12 ... —dice Lalo entre dientes al levantar el cuerpo y al Vampiro Velásquez con cada flexión de sus brazos.

—No, no le ha dicho —dice la entrometida de Rita—. Se cree el mejor, pero no tiene las agallas para hablarle, mucho menos para preguntarle si quiere ser su novia.

Rita tiene razón, aunque desearía que no la tuviera. No tengo las agallas para hablarle a Cecilia. Aun así, Rita no tenía por qué decírselo al Vampiro Velásquez.

"How will you ever know how she feels if you don't tell her?"

"13, 14…"

"Just listen to you, Velasquez—the lady expert," says tío Rodolfo laughing.

"Don't listen to your tío," says Vampire Velasquez. "He is a brute and knows nothing about how to charm the ladies. That's why he never married. Me, on the other hand, I've been married nine times."

"15, 16…"

"You've been divorced nine times too!" says tío Rodolfo.

"Eight, actually. One of my wives died, remember? Poor Panchita, God rest her soul," he adds. "Besides, I said I know how to charm the ladies. I never said I was a particularly good husband."

"17, 18…"

"If you love this girl, you should tell her," continues Vampire Velasquez. "It's better to have loved and lost, as they say, than never to have loved at all."

"I'm going to be sick," declares tío Rodolfo.

"Ignore him," says the Vampire. "He's worse than a child in matters of the heart. Now, if you really want to impress this girl, ask her to go for a ride in your father's car."

"19, 20…"

"I'm eleven," I remind Vampire Velasquez. "I can't drive a car."

—¿Cómo se supone que vaya a saber lo que sientes por ella si no se lo dices?

—13, 14...

—Nada más escucha lo que dices, Velásquez, el experto en mujeres —dice el tío Rodolfo riéndose.

—No escuches a tu tío —dice el Vampiro Velásquez—. Es un bruto y no sabe nada sobre conquistar mujeres. Por eso mismo nunca se casó. Yo, en cambio, me he casado nueve veces.

—15, 16...

—¡También te has divorciado nueve veces! —dice el tío Rodolfo.

—En realidad, ocho. Una de mis esposas murió, ¿te acuerdas? Pobre Panchita, que descanse en paz —agregó—. Además, me refiero a cómo conquistar mujeres, nunca dije que fuera un buen marido.

—17, 18...

—Si estás enamorado de esta chica deberías decírselo —continuó el Vampiro Velásquez—. Como dicen por ahí, es mejor haber amado y perdido que jamás haber amado.

—Pero qué cosas dices —declara el tío Rodolfo.

—Ignóralo —dice el Vampiro—. Es peor que un niño en temas del corazón. Ahora que si realmente quieres impresionar a esa chica, llévala a dar un paseo en el coche de tu papá.

—19, 20...

—Tengo once años —le recuerdo al Vampiro Velásquez—. No puedo conducir.

"Can't drive a car?" questions Vampire Velasquez. "Don't be ridiculous. I was driving my father's car when I was ten."

"No, you weren't," says tío Rodolfo.

"Am I talking to you?" questions Vampire Velasquez. "How would you know, Rodolfo? I ask you, were you there? Now don't interrupt me anymore. I am trying to instill some words of wisdom in this boy so that he won't end up an unmarried fool like you."

"21, 22..."

"Now, if you want to impress this girl, take her for a ride in your father's car."

"Have you seen my father's car?" I ask him.

"No," answers Vampire Velasquez, "but how bad can it be?"

"Did you see the car parked under the tree at my niece's house?" asks tío Rodolfo.

"That piece of junk is your father's car?" questions Vampire Velasquez. I watch as Vampire Velasquez grimaces at the memory of the bucket of bolts that my family refers to as Old Ironsides.

"23, 24..." grunts Lalo before collapsing to the floor.

This is Lalo's first day of training and already he can barely move. He starts complaining about how Vampire Velasquez almost dislocated his left shoulder earlier while teaching him how to apply an arm lock.

—¿No puedes conducir? —pregunta el Vampiro Velásquez—. No seas ridículo, cuando yo tenía diez años ya manejaba el coche de mi papá.

—No, no es cierto —dice el tío Rodolfo.

—¿Acaso estoy hablando contigo? —pregunta el Vampiro Velásquez—. ¿Cómo podrías saberlo Rodolfo? Te pregunto, ¿estabas ahí? Entonces, no me interrumpas más. Estoy tratando de inculcarle a este chico palabras de sabiduría para que no termine siendo solterón como tú.

—21, 22...

—Ahora, si quieres impresionarla, llévala a pasear en el coche de tu papá.

—¿Has visto el coche de mi papá? —le pregunto.

—No —responde el Vampiro Velásquez—, ¿pero qué tan mal puede estar?

—¿Viste ese coche estacionado bajo un árbol en la casa de mi sobrina? —pregunta el tío Rodolfo.

—¿Ese pedazo de chatarra es el coche de tu papá? —pregunta el Vampiro Velásquez—. Veo cómo hace una mueca al recordar ese conjunto de metales que mi papá llama Vieja Locomotora.

—23, 24 —Lalo dice entre dientes antes de colapsar en el piso.

Este es su primer día de entrenamiento y apenas se puede mover. Empieza a quejarse de cómo el Vampiro Velásquez por poco le disloca el hombro izquierdo mientras le enseñaba a aplicar una llave en el brazo.

"If I had wanted to dislocate your shoulder, I would have," says Vampire Velasquez sternly. And he means it too. "Start doing some jumping jacks, you big baby," he tells Lalo. "You complain more than your uncle Rodolfo here does."

Lalo grumbles and then starts his jumping jacks as Vampire Velasquez looks on.

"The great and mighty nephew of the Guardian Angel," declares Vampire Velasquez and then shakes his head and laughs. "You really have your work cut out for you," he tells tío Rodolfo. "I don't think he has the heart for it."

"He'll be fine."

Tío Rodolfo offered Lalo the opportunity of a lifetime—he will personally train him to be a luchador.

"Me, a luchador?" Lalo asked. "I don't even like lucha libre." But finally, after lots of pressure, Lalo agreed. Marisol, though, was not thrilled with the prospect of Lalo becoming a luchador. She did change her mind, however, when she learned that part of Lalo's training would take place at the gym Vampire Velasquez owned in beautiful Puerto Vallarta in Mexico. Even if it didn't work out, they would still get an all-expenses-paid trip for two to one of the most beautiful beaches in the world. As part of the deal, Lalo agreed to team up with tío Rodolfo and the Aztec Princess to do battle against Vampire Velasquez, Dog-Man Aguayo and la Dama Enmascarada. If Lalo agreed to go through with it, Sonia had promised to stop plotting her revenge against him.

—Si hubiera querido dislocarte el hombro lo habría hecho —dice el Vampiro Velásquez con severidad; y lo decía en serio—. Ahora sigue con tu entrenamiento, niñote —le dice a Lalo. Te quejas más que tu tío Rodolfo.

Lalo rezonga y comienza a dar brincos bajo la vigilancia del Vampiro Velásquez.

—El gran y fortísimo sobrino del Ángel de la Guarda —declara el Vampiro Velásquez y luego sacude la cabeza y se ríe—. Te queda mucho por hacer —le dice al tío Rodolfo—. No creo que esto sea lo suyo.

—Va a estar bien.

El tío Rodolfo le ofrece a Lalo una oportunidad única en la vida: entrenarlo personalmente para ser luchador.

—¿Yo, luchador? —pregunta Lalo—. Ni siquiera me gusta la lucha libre —pero finalmente, tras presionarlo, Lalo aceptó—. Marisol en cambio no estaba emocionada ante la posibilidad de que Lalo se hiciera luchador. Claro está que cambió de parecer cuando supo que parte del entrenamiento de Lalo sería en el gimnasio que el Vampiro Velásquez tiene en Puerto Vallarta, México. Aunque no funcionara, de cualquier manera viajarían a una de las playas más hermosas del mundo con todos los gastos pagados. Como parte del trato, Lalo aceptó hacer equipo con el tío Rodolfo y la Princesa Azteca para luchar contra el Vampiro Velásquez, el Perro Aguayo y la Dama Enmascarda. Si Lalo se prestaba a pasar por eso, Sonia había prometido dejar de conspirar contra él.

"I'm not sure that *your* uncle Lalo has it in him to be what *his* uncle wants," Vampire Velasquez confides to me. "He will be a fine luchador, of that I'm pretty sure, but I just don't know if he is good enough to be the new Guardian Angel."

"The new Guardian Angel?" I ask.

"Your uncle is getting old, mijo. He can't wrestle forever. He'll never admit it, but even he knows his time in the ring is running out. I don't know if Lalo is good enough to be the new Guardian Angel but you, on the other hand...," declares Vampire Velasquez placing his right hand on my shoulder, "...you want it, don't you?"

"Want what?" I ask.

"You want to be him." He points at my tío Rodolfo. "I've seen the way you look at your great uncle. You want to be the new Guardian Angel, don't you?"

—No estoy seguro de que tu tío Lalo tenga lo que su tío quiere —me confiesa el Vampiro Velásquez—. Va a ser un buen luchador, de eso estoy muy seguro, pero no sé si sea lo suficientemente bueno como para ser el nuevo Ángel de la Guarda.

—¿El nuevo Ángel de la Guarda? —pregunto.

—Tu tío se está haciendo viejo, mijo. No puede luchar para siempre y nunca lo va a admitir, pero incluso él sabe que su tiempo en el cuadrilátero se está acabando. No sé si Lalo esté a la altura para ser el nuevo Ángel de la Guarda, pero tú, en cambio… —declara el Vampiro Velásquez colocando su mano izquierda en mi hombro— …tú sí quieres, ¿no es así?

—¿Querer qué? —pregunto.

—Quieres ser él —señala a mi tío Rodolfo—. He visto la manera en la que observas a tu tío abuelo. Quieres ser el nuevo Ángel de la Guarda, ¿verdad?

17
TAKING A RIDE IN OLD IRONSIDES
★ ★ ★ ★ ★ ★ ★
UN PASEO EN LA VIEJA LOCOMOTORA

"You invited Cecilia to your birthday party?" I ask my sister Rita in disbelief. Cecilia and her older sister Marissa are standing in our back yard.

"I actually invited her sister Marissa who is, after all, my best friend. Cecilia just decided to tag along with her.

"Cecilia is at my house." I can't believe it.

"Please try not to make too much of a fool of yourself," Rita tells me. I can tell from the look on her face that what she really means is, *Don't you dare do anything that ruins my birthday party.*

★ ★ ★ ★ ★ ★ ★ ★ ★ ★ ★ ★ ★

—¿Invitaste a Cecilia a tu fiesta de cumpleaños? —le pregunto a Rita, incrédulo—. Cecilia y su hermana mayor están en nuestro patio trasero.

—En realidad invité a su hermana Marisa, quien, después de todo, es mi mejor amiga. Cecilia sólo decidió acompañarla.

—Cecilia está en mi casa; no lo puedo creer.

—Por favor, trata de no hacer el ridículo —me dice Rita—. Puedo ver en su cara que lo que realmente quiere decir es: *no hagas nada que pueda arruinar mi fiesta de cumpleaños.*

I still can't believe it. The girl of my dreams is at my house. I have a real opportunity to impress her. Am I wearing something nice?

I look down at my jeans, sneakers and blue t-shirt. *Ugh!* What am I going to do? What will I say to her? What can I possibly say or do that will make her think I'm cool? Then I remembered the advice from Vampire Velasquez.

Take her for a ride in your father's car. I cast a long look at Old Ironsides under the walnut tree next to our house. *Maybe that isn't such a good idea,* I think as I look at the hulking pile of bolts. I know how to drive Old Ironsides well enough. My dad has given me driving lessons. Still, taking Cecilia for a ride in Old Ironsides hardly seems like the right way to impress her.

Suddenly Cecilia catches sight of me and begins walking straight towards me. She is smiling. I look behind me just to make sure nobody else is standing there. Nope, it's just me. Cecilia is smiling at me!

What does she want? What am I going to say to her? I stare at her long brown hair, fair skin and hazel eyes. *Ohhh.* She is so beautiful.

"You sat behind me in art class, right?" she asks me. Her voice is so sweet. I want to cry out, *Yes it was me who sat behind you in art class! Yes, it's me who loves you so much that my beating heart can hardly be contained in my chest.*

★ Todavía no lo puedo creer, la niña de mis sueños está en mi casa. Tengo una verdadera oportunidad para impresionarla. ¿Estoy vestido adecuadamente?

Volteo a ver mis pantalones de mezclilla, tenis y playera. *¡Uf!* ¿Qué voy a hacer? ¿Qué le voy a decir? ¿Qué podría decir o hacer para que piense que soy suave? Entonces recuerdo el consejo del Vampiro Velásquez.

Llévala a dar un paseo en el coche de tu papá. Le echo un vistazo a la Vieja Locomotora, que se encuentra bajo el nogal que está al lado de la casa. "Quizá esa no sea tan buena idea", pienso cuando veo ese descomunal montón de fierros. Me defiendo manejando la Vieja Locomotora, mi papá me ha dado clases de conducir. Aun así, pasear a Cecilia en la Vieja Locomotora está lejos de ser la manera ideal de impresionarla.

De pronto, Cecilia me ve y empieza a caminar directamente hacia mí. Me sonríe. Volteo sólo para asegurarme de que nadie más está parado tras de mí. No, estoy solo. ¡Cecilia sonrió para mí!

¿Qué querrá? ¿Qué le voy a decir? Me le quedo viendo su largo cabello castaño, su bella piel y ojos color avellana. *¡Ahhh!*, es tan hermosa.

—Te sentabas atrás de mí en la clase de arte, ¿verdad? —me pregunta—. Su voz es tan dulce que quiero gritar: "¡sí, era yo quien se sentaba atrás de ti en la clase de arte! ¡Sí, soy yo quien te ama tanto que mi pecho apenas puede contener mi corazón palpitante!"

This is what I want to say to her, but when I open my mouth the word, "Ye...ye...yes..." is all that comes out.

Pathetic. I sound truly pathetic.

"I knew you looked familiar," she answers. "Your name is Max, right?"

"Ye...ye...yes..." There goes that stutter thing again. *Get it together, Max. This is the opportunity of a lifetime and you're blowing it!*

"Can you say anything other than yes?" asks Cecilia smiling.

Okay, Max, be cool now, don't mess up. Say something cool.

"Ye...ye...yes..." *I am such a dork.*

Luckily for me Cecilia starts to laugh.

"You're very funny," she tells me.

"Yes, I'm a real clown," I answer.

"Is that your car?" she asks me, pointing at Old Ironsides.

"My car?" I wasn't exactly eager to lay any claim to Old Ironsides.

"Yes, your car," says Cecilia. "Your sister Rita pointed it out to me when I first got here. She specifically said that this was your car, or it will be when you get old enough to drive."

Rita, how could you?

"I think it's cool that you have a car," says Cecilia.

"Excuse me?"

"I said I think it's cool that you have a car," repeats Cecilia. "I don't think any kid in our old school has a car except you."

Esto es lo que quiero decirle, pero cuando abro la boca la palabra "S..s..sí.." es lo único que me sale.

Patético, suena verdaderamente patético.

—Con razón te me hacías conocido —contesta—. Te llamas Max, ¿verdad?

—S..s..sí.. —Ahí va de nuevo este tartamudeo. "Haz algo, Max. ¡Esta es una oportunidad única y la estás dejando ir!"

—¿Sabes decir otra cosa además de "sí"? —pregunta Cecilia sonriendo.

"Bueno, Max, tranquilo, no lo arruines. Di algo cool".

—S..s..sí.. —soy un grandísimo estúpido.

Para mi fortuna Cecilia se empieza a reír.

—Eres muy divertido —me dice.

—Sí, soy un auténtico payaso —contesto.

—¿Es ése tu coche? —me pregunta, señalando la Vieja Locomotora.

—¿Mi coche? —no estaba precisamente ansioso de endilgarme la Vieja Locomotora.

—Sí, tu coche —dice Cecilia—. Tu hermana Rita me lo enseñó en cuanto llegué aquí, específicamente dijo que era tu coche o que lo será cuando tengas edad de conducir.

"¿Cómo te atreves, Rita?"

—Creo que es cool que tengas un coche —dice Cecilia.

—¿Perdón?

—Dije que creo que es cool que tengas un coche —repite Cecilia—. No creo que ningún niño en nuestra escuela tenga coche, excepto tú.

Wow. I had never looked at it that way. Cecilia has a point. I have a car. Sure, it's ugly as sin, but it's still my car. I own a car!

"Can you drive it?" asks Cecilia.

"Sure," I answer. "I drive it all the time. Do you want me to take you for a ride?"

Now, I don't know why I asked her that question or why I told her that lie, but I did. I had never driven Old Ironsides without my father being by my side. I wasn't expecting her to say yes, but...

"Yes," says Cecilia. "I would love to take a ride in your car." You've gone and done it. What was I going to do now? I couldn't back out. If I did Cecilia would think I was a big wimp!

"Sure," I tell her. "No problem. Wait for me here while I go get the keys." Minutes later she is sitting next to me inside Old Ironsides.

"Hold on," I tell Cecilia. I turn the key in the ignition and bring Old Ironsides to life. I look around carefully. The loud music from my sister's birthday party helps to cover the sputtering sounds of Old Ironsides' resurrection. If all goes well, I can take the old piece of junk for a quick spin around the block and bring her back before anybody even realizes she is gone. Five minutes tops, and we would be back at the party with no one being the wiser.

We begin to talk.

Guau, nunca lo vi de esa manera. Cecilia tiene razón, tengo un coche. Claro, es feo como el hambre, pero aun así es mi coche. ¡Mi propio coche!

—¿Lo puedes conducir? —pregunta Cecilia.

—Claro —respondo—. Conduzco todo el tiempo. ¿Quieres que te lleve a dar un paseo?

Y bien, no sé por qué le hice esa pregunta o por qué le dije esa mentira, pero lo hice. Nunca he manejado la Vieja Locomotora sin mi padre sentado a un lado. No esperaba que ella dijera que sí, pero...

—Sí —dice Cecilia—, me encantaría pasear en tu coche. Ahora sí la regaste. ¿Qué iba a hacer? No podía echarme para atrás. ¡Si lo hiciera, Cecilia pensaría que soy un grandísimo pelele!

—Claro —le digo—. No hay problema. Espérame en lo que voy por las llaves. Minutos después ya estaba sentada junto a mí adentro de la Vieja Locomotora.

—Espera —le digo a Cecilia. Giro la llave y la Vieja Locomotora vuelve a la vida. Miro alrededor con cautela, la música a alto volumen de la fiesta de mi hermana ayuda a encubrir los ruidosos sonidos de resurrección del viejo coche. Si todo va bien puedo dar una vuelta rápida a la cuadra y traer de regreso la carcacha antes de que alguien se dé cuenta de que ha desaparecido. Cinco minutos como mucho y estaremos de regreso en la fiesta sin que nadie lo sepa.

Comenzamos a hablar.

Wow, I find out that I can actually talk to Cecilia as easily as I do to my best friend Leo. She's a tomboy, turns out, and she actually likes lucha libre as much as I do.

"I didn't like it at first, but my dad watches it all the time. I guess it grew on me. He especially likes the Guardian Angel. My dad even has an autographed Guardian Angel mask that he keeps in a trophy case."

Oh man! If she is impressed by the fact that her dad has an autographed mask of the Guardian Angel, she will positively die when she finds out that he is my great uncle Rodolfo.

"My dad still can't believe that the Guardian Angel is coming to wrestle here in our town," she adds making reference to the upcoming church fundraiser. "He's wondering how Father Martinez managed to pull that one off."

Then she asks, just out of nowhere, "So, why is it that you would always stare at me in art class but you never talked to me?" Her question catches me off guard.

"I guess I wasn't sure you would want to talk to me," I answer. We reach the stop sign in front of old man Chapa's convenience store. I look both ways and then turn Old Ironsides around and begin heading home.

"Why not?" she asks.

"Why not what?"

⭐ ¡Guau!, descubro que en realidad puedo hablar con Cecilia como lo hago con mi mejor amigo Leo. Es una tomboy, muestra ser quien realmente es y hasta le gusta la lucha libre tanto como a mí.

—Al principio no me gustó, pero mi papá la ve todo el tiempo; supongo que terminó por gustarme. Mi papá es seguidor en especial del Ángel de la Guarda y tiene una máscara autografiada por él que guarda en una caja de trofeos.

¡Órale! Si le impresiona el hecho de que su papá tenga una máscara autografiada del Ángel de la Guarda, definitivamente se va a morir cuando sepa que él es mi tío abuelo.

—Mi papá todavía no puede creer que el Ángel de la Guarda vaya a venir a nuestro pueblo a luchar —agrega haciendo referencia a la próxima recaudación de fondos para la iglesia—. Se pregunta cómo el Padre Martínez logró convencerlo.

Luego pregunta así nada más: —¿Por qué siempre te me quedabas mirando en la clase de arte sin hablarme? —su pregunta me agarra por sorpresa.

—Supongo que no estaba seguro de que te gustaría hablar conmigo —respondo—. Llegamos a la señal de alto frente a la tiendita del viejo Chapa, miro a ambos lados y luego doy vuelta con la Vieja Locomotora de regreso a casa.

—¿Por qué no? —pregunta.

—¿Por qué no qué?

"Why wouldn't I want to talk to you?"

Cecilia, I was fast learning, liked to ask a lot of questions.

"Well, I mean you are so pretty and all, I guess I was a little scared."

"You think I'm pretty?" she asks.

"I think you are the prettiest girl in the whole school," I tell her.

Cecilia smiles at me. I think I actually make her blush. She leans over and kisses me on my right cheek.

"I think you're very sweet too," she tells me.

Cecilia thinks I'm sweet! I am now officially on cloud nine. Mustering all my courage I reach for her hand. I touch it, and she doesn't pull it away. I take this as a good sign.

"Look out!" screams Cecilia. I turn just in time to see my house's picket fence materialize right in front of me.

Crash!

Old Ironsides plows straight through the wooden fence. I slam on the brakes as fast as I can, but not fast enough to keep Old Ironsides from pushing right through the table that holds Rita's presents and birthday cake!

"Not the princess birthday cake!" Rita screams as Old Ironsides' tires make a squishing sound right before the car stops.

"I hate you!" Rita screams. "I hate you, Max, I hate you! I hate you!" I look over to make sure that Cecilia is okay, but she is hiding her head under the dashboard. Her face is beet red.

You really did it now, Max. You really did it now.

—¿Por qué no habría de querer hablar contigo?

Cecilia aprendía rápido, gustaba de hacer muchas preguntas. —Bueno, pues porque eres muy bonita y todo, así que supongo que estaba un poco asustado.

—¿Crees que soy bonita? —pregunta.

—Creo que eres la niña más bonita de toda la escuela —le digo.

Cecilia sonríe, creo que incluso se sonroja. Se acerca y me besa la mejilla izquierda.

—Yo creo que también eres muy lindo —me dice.

"¡Cecilia cree que soy lindo!" Ahora estoy oficialmente en las nubes. Reuniendo toda mi valentía acerco mi mano a la suya, la toco y no la retira. Lo tomo como una buena señal.

—¡Cuidado! —grita Cecilia—. Volteo justo a tiempo para ver la cerca de mi casa frente a mí.

¡Crash!

La Vieja Locomotora se abrió camino a través de la cerca de madera, ¡frené tan rápido como pude pero no lo suficientemente como para detener el coche antes de que pasara directo por la mesa donde estaban los regalos y el pastel de cumpleaños de Rita!

—¡No el pastel de cumpleaños de la princesa! —grita Rita en el momento en que las llantas de la Vieja Locomotora rechinan justo antes de que el coche se detenga.

—¡Te odio! —chilla Rita—. ¡Te odio, Max, te odio! ¡Te odio! Volteo para comprobar que Cecilia esté bien, pero está escondida bajo el tablero. Su cara está rojísima.

"Ahora sí la regaste, Max. Ahora sí la regaste".

18

IT'S LUCHA TIME!
★ ★ ★ ★ ★ ★ ★
¡ES HORA DE LUCHA LIBRE!

The big day finally arrives. We are moments away from witnessing the greatest fight that has ever taken place in our small border town. I have been appointed the official bell ringer by Father Martinez. My job is to ring the bell signaling the beginning of the match and again after somebody's shoulders are pinned to the canvas for the three count.

The best part of being the bell ringer is that my duties keep me at ringside, giving me the best seat in the house. The two weeks I spent being grounded and doing triple chores for driving Old Ironsides without permission have indeed been torture.

★ ★ ★ ★ ★ ★ ★ ★ ★ ★ ★ ★ ★

El gran día llega finalmente. Estamos a pocos minutos de ser testigos de la más grande pelea que jamás se haya dado lugar en nuestro pueblito fronterizo. Estoy encargado de ser el campanero por petición del Padre Martínez, mi tarea es la de sonar la campana para anunciar el inicio de cada pelea y otra vez después de que los hombros de alguien estén contra la lona tras el conteo de tres.

La mejor parte de ser el campanero es que mis deberes me mantienen en la primera fila, lo cual me ofrece el mejor asiento de todos. Las dos semanas que me la pasé castigado y haciendo triples quehaceres por conducir a la Vieja Locomotora sin permiso, habían sido en verdad una tortura.

But it was so worth it because Cecilia found it very touching that I tried to impress her by giving her a ride in my car. The fact that my dad's old station wagon is a real clunker didn't matter to her. When I asked her to sit next to me at ringside, she readily agreed. Little Robert, of course, is teasing me now that I have a girlfriend, but I don't really care.

"Damas y caballeros, ladies and gentlemen!" Father Martinez is standing in the middle of the ring, trying his best to sound like a real ring announcer. "I give you la Dama Enmascarada!"

And with those words he heralds the return of one of the greatest female wrestlers in all of lucha libre.

Wearing her trademark golden mask with a pink heart embroidered on its left cheek, Sonia strides down the makeshift runway set up on the church plaza. She is showered with boo's from the crowd, but these are like sweet music to her ears. Sonia has finally come home. This is where she belongs.

She catches sight of me as she enters the ring and comes towards me to kiss me on my cheek. I glance over at Cecilia who doesn't look too pleased by Sonia's affectionate gesture. Is she jealous? La Dama Enmascarada leans against the ring ropes to await the arrival of her tag-team partners for the evening.

★ Pero valían la pena porque Cecilia pensaba que era muy tierno que hubiera tratado de impresionarla dándole un paseo en mi coche. El hecho de que el viejo vagón de tren de mi papá fuera una verdadera chatarra, no le importó. Cuando le pedí que se sentara junto a mí en la primera fila, no tuvo inconveniente en aceptar. Robertito, por supuesto, se burlaba de mí ahora que tenía novia, pero en realidad no me importaba.

—Ladies and gentlemen!, ¡damas y caballeros! —el Padre Martínez está parado en medio del cuadrilátero, esforzándose por sonar como un verdadero presentador—. ¡Con ustedes, la Dama Enmascarada!

Y con esas palabras anuncia el regreso de una de las más grandes luchadoras de todos los tiempos.

Usando su distintivo, la máscara dorada con un corazón rosa bordado en la mejilla izquierda, Sonia se dirige a la pista improvisada en la plaza de la iglesia. Es abucheada por el público, pero para sus oídos eso es como música melodiosa. Por fin, Sonia ha regresado a casa; aquí es donde pertenece.

Alcanza a verme cuando se sube al ring y se dirige hacia mí para besarme en el cachete. Le echo un vistazo a Cecilia y no parece agradarle el cariñoso gesto de Sonia. ¿Estará celosa? La Dama Enmascarada se reclina contra las cuerdas del cuadrilátero para esperar la llegada de sus compañeros de la tarde.

Dog-Man Aguayo is next. As he enters the ring, la Dama Enmascarada steps forward and grabs the chain attached to the collar around his neck, pulling to restrain him from attacking Father Martinez.

And next: "Cover your necks and hold on tight to your silver crosses," warns Father Martinez. "The Vampire Velasquez is here!"

The Vampire's face is concealed by a black hood. If he is moved in any way by the merciless jeers from the crowd, he doesn't show it. Standing in mid ring, he pulls back his hood to reveal the malevolent face that the Guardian Angel unmasked years ago. He stretches out his cape to mimic bat wings.

And now the heroes:

"I give you the Aztec Princess!" says Father Martinez.

La Dama Enmascarada jumps on the top turnbuckle and begins to taunt the Aztec Princess.

"I'm going to break you in two, little girl!"

The Aztec Princess is wearing a white mask with silhouettes of pre-Columbian pyramids. She points at the Masked Damsel and then clenches her right hand into a fist.

Next comes el Toro Grande, the Big Bull.

Now, I have to be honest here. If I hadn't known that it was Lalo under the horned mask of el Toro Grande, I would have thought he was a real luchador—not just Lalo pretending to be one.

El que sigue es el Perro Aguayo. Al entrar al cuadrilátero, la Dama Enmascarada da un paso adelante y agarra la cadena sujeta al collar que el Perro lleva en el cuello, jalándolo para impedir que ataque al Padre Martínez.

Y ahora: —Cúbranse el cuello y agárrense fuerte de sus cruces de plata —advierte el Padre Martínez—. ¡El Vampiro Velásquez está aquí!

La cara del Vampiro está escondida bajo una capucha negra. Si se ha conmovido por los despiadados abucheos del público, no lo demuestra. De pie en el centro del ring, se quita la capucha para mostrar la malévola cara que el Ángel de la Guarda desenmascaró años atrás. Estira su capa simulando las alas de un vampiro.

Y, ahora, los héroes:

—¡Con ustedes, la Princesa Azteca! —dice el Padre Martínez.

La Dama Enmascarada brinca sobre un tornillo tensor y empieza por provocar a la Princesa Azteca.

—¡Te voy a hacer pedazos, niñita!

La Princesa Azteca usa una máscara blanca con siluetas de pirámides precolombinas. Señala a la Dama Enmascarada y aprieta la mano derecha en un puño.

Luego viene el Toro Grande.

Ahora, tengo que ser honesto aquí, de no haber sabido que era Lalo bajo la máscara con cuernos del Toro Grande, habría pensado que era un verdadero luchador, no sólo Lalo haciéndose pasar por uno.

Lalo looks impressive! For almost three weeks, he has undergone the most intense training he has ever experienced in his whole life. He wanted to give up before the end of the first week, but tío Rodolfo wouldn't let him quit. Tío Rodolfo and Vampire Velasquez have sought to instill in him the basics of lucha libre so that he might make a decent showing in his debut. Actually, I know that tío Rodolfo doesn't expect much from Lalo at this point. It takes months, even years sometimes, for a luchador to truly be ready for the ring.

Lalo's training hadn't been lost on me. Tío Rodolfo had rented an old abandoned feeder store. He set up a wrestling ring inside of it. No one knew about it except me and Leo. The two of us watched, then repeated the lessons that Lalo was learning. I even lost a couple of pounds and actually developed a bit of muscle myself. Not a lot mind you, but enough for Cecilia to notice.

"I give you the Guardian Angel," announces Father Martinez heralding the arrival of the greatest luchador that the world has ever known. The Guardian Angel makes his way down to the ring and leaps onto the ring apron. He pumps his fist into the air acknowledging the cheers from the fans. Suddenly Vampire Velasquez attacks the Guardian Angel from behind.

★ ¡Se ve imponente! Por casi tres semanas ha llevado el entrenamiento más duro que jamás tuvo en toda su vida. Quiso darse por vencido antes de terminar la primera semana, pero el tío Rodolfo no lo permitió. El tío Rodolfo y el Vampiro Velásquez habían buscado inculcarle las nociones de la lucha libre de modo que pudiera ofrecer un espectáculo decente en su debut. En realidad, sé que el tío Rodolfo no esperaba mucho de Lalo a estas alturas, pues toma meses, incluso años en algunas ocasiones, para que un luchador esté en verdad listo para el ring.

El entrenamiento de Lalo no me vino mal. El tío Rodolfo había rentado un viejo almacén abandonado donde instaló un cuadrilátero de lucha libre. Nadie sabía de esto excepto Leo y yo. Los dos observamos y luego repetimos las lecciones que Lalo estaba aprendiendo. Incluso perdí un par de kilos y hasta me salió un poco de músculo. Claro que no mucho, pero sí lo suficiente como para que Cecilia lo notara.

—Con ustedes el Ángel de la Guarda —proclama el Padre Martínez anunciando la llegada del más grande de los luchadores que el mundo haya conocido jamás. El Ángel de la Guarda se dirige hacia el ring y se desliza por la orilla hacia su interior. Mueve con fuerza su puño en el aire a sabiendas del entusiasmo de los admiradores. Repentinamente, el Vampiro Velasquez lo ataca por atrás.

"Cheater," I cry out. "Vampire Velasquez is a cheater."

Vampire Velasquez tosses the Guardian Angel against the ropes and prepares to deliver a devastating clothesline with his right arm. The Guardian Angel ducks, then uses the ring ropes to catapult himself into the air. He kicks Vampire Velasquez in the chest and sends his old arch enemy flying down to the floor below!

—Tramposo —grito—. El Vampiro Velásquez es un tramposo.

El Vampiro Velásquez empuja al Ángel de la Guarda contra las cuerdas y se prepara para aplicar un devastador tendedero con el brazo derecho. El Ángel de la Guarda lo esquiva, luego usa las cuerdas del cuadrilátero para impulsarse en el aire. ¡Da una patada en el pecho del Vampiro Velásquez y manda a volar hacia el piso a su viejo enemigo!

19
BETRAYED BY THE MASKED DAMSEL
★ ★ ★ ★ ★ ★ ★
TRAICIONADO POR LA DAMA ENMASCARADA

La Dama Enmascarada grinds the head of the Aztec Princess with the heel of her left boot. She then snares the dazed Aztec Princess in a headlock, spins her around and whips her at the ring ropes. As the Aztec Princess bounces off the ropes, la Dama Enmascarada prepares to greet her with a crushing forearm to the skull, but the crafty Aztec Princess slides down to the floor going underneath the legs of la Dama Enmascarada. She then grabs both of the Masked Damsel's legs and pulls her feet out from under her. The move sends her opponent falling face first, down to the mat.

THUMP!

La Dama Enmascarada aplasta la cabeza de la Princesa Azteca con el tacón de su bota izquierda, luego atrapa su aturdida cabeza en un candado, le da vueltas y la azota contra las cuerdas del ring. Mientras la Princesa Azteca rebota contra las cuerdas, la Dama Enmascarada la recibe con un aplastador antebrazo en el cráneo, pero la hábil Princesa se desliza en el piso pasando entre las piernas de la Dama. Luego le agarra las piernas a la Dama Enmascarada y la jala de los pies, la maniobra hace que su oponente caiga de bruces sobre la lona.

¡Tum!

The Masked Damsel weaves back up to her feet. The Aztec Princess grabs la Dama Enmascarada in a headlock and whips her into the ring ropes. As she bounces off the ropes, the Aztec Princess leaps into the air and delivers a dropkick at la Dama Enmascarads's face!

The impact sends her flying through the ring ropes. La Dama Enmascarada is furious and slaps the side of the ring apron with her hands. She argues with the ring official, claiming the Aztec Princess pulled her hair. This is an accusation that wins her lots of boo's. La Dama Enmascarada climbs back on the ring apron and tags in Vampire Velasquez so she can catch her breath.

The Aztec Princess tags in the Guardian Angel. The two men circle each other. Vampire Velasquez strikes first, sticking a thumb into the eye of the Guardian Angel. This is quickly followed by an illegal hand rake across the eyes. The referee warns Vampire Velasquez about using such illegal tactics, but the damage is already done. The Guardian Angel staggers as Vampire Velasquez continues his attack with forearm smashes to the center of the Guardian Angel's back. The Guardian Angel fights back and kicks Vampire Velasquez in the gut. As the Vampire grabs his stomach in pain, the Guardian Angel delivers a devastating elbow to the back of the Vampire's head. He rams the Vampire's head six times into one of the corner turnbuckles.

⭐ La Dama Enmascarada se pone de pie tambaleándose. La Princesa Azteca le sostiene la cabeza con un candado y la azota contra las cuerdas del cuadrilátero. ¡Al rebotar contra éstas, la Princesa Azteca se impulsa en el aire y le propina unas patadas voladoras en la cara a la Dama Enmascarada!

El impacto la manda a volar a través de las cuerdas del ring. La Dama Enmascarada está furiosa y golpea la orilla del cuadrilátero con sus manos. Discute con el réferi asegurando que la Princesa Azteca le jaló el pelo. Esta acusación le vale muchos abucheos. La Dama Enmascarada se trepa de nuevo a la orilla del ring y hace un cambio con el Vampiro Velásquez para recuperar el aliento.

La Princesa Azteca hace el cambio con el Ángel de la Guarda. Los dos caballeros se miden uno al otro. El Vampiro Velásquez ataca primero metiendo su pulgar en el ojo del Ángel de la Guarda, seguido rápidamente por un rastrillo sobre los ojos. El réferi le advierte al Vampiro Velásquez que no use tales tácticas ilegales, pero el daño ya está hecho. El Ángel de la Guarda se tambalea mientras el Vampiro Velásquez continúa su ataque con el antebrazo, que suelta contra la espalda del Ángel de la Guarda. Éste le regresa el golpe y patea al Vampiro Velásquez en la barriga. Mientras se agarra el estómago con dolor, el Ángel de la Guarda le asesta un codo devastador en la nuca al Vampiro Velásquez. Estrella la cabeza del Vampiro seis veces contra los cojines esquineros.

Vampire Velasquez jumps on the Guardian Angel's back and bites him on the neck. The Guardian Angel rams the hungry blood-sucking vampire into the top turnbuckle, knocking the air out of the fanged menace. Vampire Velasquez clumsily rises back up to his feet and heads for the ring apron so he can tag in Dog-Man Aguayo. The canine fiend howls in anticipation.

Lalo is the next to enter the ring. He is so nervous that he is completely paralyzed and thus an easy target for the Dog-Man who hits him with a shoulder tackle that knocks him down to the mat. Dog-Man Aguayo presses his advantage and delivers an elbow smash right to Lalo's gut!

"Aiii," hollers el Toro Grande as he struggles to rise back up to his feet.

Dog-Man Aguayo grabs el Toro Grande by his horns, and delivers a stunning head butt that sends Lalo crumbling down to the canvas. The Dog-Man begins to howl and bark at the crowd. He drops down on all fours and bites el Toro Grande's right leg!

"He's biting me," screams el Toro Grande as he kicks Dog-Man Aguayo repeatedly in the head until he lets go. Things are not looking good for Lalo as he hobbles to his corner to tag in one of his partners, but Dog-Man Aguayo grabs hold of his right leg and keeps him from making the tag.

⭐ El Vampiro Velásquez brinca sobre la espalda del Ángel de la Guarda y le muerde el cuello. El Ángel de la Guarda hace chocar al hambriento Vampiro chupa-sangre contra el cojín superior de la esquina, sacándole el aire a la amenaza de los colmillos. Torpemente el Vampiro Velásquez se pone en pie y se dirige a la orilla del cuadrilátero para hacer el cambio con el Perro Aguayo. El monstruo canino aúlla.

Lalo es el siguiente en entrar al ring. De tan nervioso está completamente paralizado y, por lo tanto, es un blanco fácil para el Perro Aguayo quien le da un golpe con el hombro tirándolo contra la lona. ¡El Perro Aguayo saca ventaja y le asesta el codo en pleno estómago!

—¡Ayyy! —grita el Toro Grande mientras intenta ponerse en pie.

El Perro Aguayo agarra al Toro Grande por los cuernos y le propina un tremendo cabezazo que deja a Lalo hecho pedazos sobre la lona. El Perro Aguayo empieza por aullar ante el público, ¡se pone a gatear y muerde la pierna derecha del Toro Grande!

—Me está mordiendo —grita el Toro Grande y patea al Perro Aguayo en la cabeza hasta que lo suelta. Las cosas no se ven bien para Lalo mientras cojea hacia su esquina para hacer el cambio con sus compañeros, pero el Perro Aguayo le sujeta con fuerza la pierna derecha y evita que haga el cambio.

Dog-Man Aguayo then does the unthinkable. He drags el Toro Grande to their corner of the ring and reaches over to tag in la Dama Enmascarada!

"¡Dios mío!" my mother screams. "She's going to kill him!"

Let me explain: In mixed tag team matches, the women and the men are never supposed to wrestle each other. Those are the rules. Dog-Man Aguayo, la Dama Enmascarada and Vampire Velasquez, however, are rudos, and rudos never follow the rules. They have no qualms about poking their opponent in the eyes or hitting them with a folding chair. They are not above cheating so as to achieve a tainted victory.

The technicos, on the other hand, are the good guys of lucha libre. They never cheat or break the rules.

A dazed Toro Grande turns and is instantly greeted by a clobbering left punch followed by a staggering right uppercut from la Dama Enmascarada. She then bounces off the ropes to build up steam and delivers a devastating dropkick that knocks el Toro Grande right down to the mat.

"Lalo, get up!" I begin to scream, but catch myself before I reveal Lalo's true identity to Cecilia. "C'mon, Toro," I correct myself. "Get up, Toro Grande, get up!"

La Dama Enmascarada is going wild on el Toro Grande. She begins to stomp him with her feet. She goes as far as doing the Mexican hat dance on el Toro's back. It's humiliating!

Entonces el Perro Aguayo hace lo inimaginable: ¡arrastra al Toro Grande hacia su esquina y extiende la mano para cederle el turno a la Dama Enmascarada!

—My God! —chilla mi madre—. ¡Va a matarlo!

Déjenme explicarles: en relevos australianos mixtos, se supone que las mujeres y los hombres nunca luchan entre sí; esas son las reglas. Por un lado, el Perro Aguayo, la Dama Enmascarada y el Vampiro Velásquez, desde luego, son rudos, y los rudos nunca siguen las reglas. No tienen escrúpulos de picarles los ojos a sus oponentes ni de golpearlos con una silla plegable. Van más allá de hacer trampa con tal de obtener una victoria sangrienta.

Por el otro lado, los técnicos son los tipos buenos de la lucha libre. Nunca hacen trampa ni rompen las reglas.

Un atolondrado Toro Grande voltea e instantáneamente lo recibe un terrible izquierdazo, seguido de un sorprendente uppercut de la Dama Enmascarada. Rebota contra las cuerdas para tomar ventaja y propinarle unas patadas voladoras que noquean al Toro Grande sobre la lona.

—¡Lalo, levántate! —empiezo a gritar, pero me abstengo antes de revelar a Cecilia su verdadera identidad—. ¡Ándale!, Toro —me corrijo—. ¡Levántate, Toro Grande, levántate!

La Dama Enmascarada va con todo hacia el Toro Grande, empieza a pisarlo fuerte y hasta se atreve a bailar el jarabe tapatío sobre la espalda del Toro. ¡Es humillante!

Lalo knocks her off his back and tries to make his way to tag either the Guardian Angel or the Aztec Princess. The Masked Damsel and Vampire Velasquez cut Lalo off. Together they drag him back into their corner. The Guardian Angel runs into the ring, but the ring official orders him back to his corner. As the Guardian Angel and the referee argue, the three rudos grab Lalo's arms and use the ring ropes to tie him up. Lalo is trapped! He is helpless! La Dama Enmascarada stands in front of Lalo and then shocks the crowd by grabbing him by his horns and kissing him hard on the lips! This move draws a loud protest from Lalo's wife Marisol who is sitting at ringside.

"Get your filthy hands off my husband!" she screams.

The Guardian Angel and the Aztec Princess can't take it anymore. They charge the three rudos. The Aztec Princess grabs la Dama Enmascarada by her hair and tosses her over the ropes onto the floor. My father has to restrain Marisol from attacking the Masked Damsel. The Aztec Princess follows after la Dama Enmascarada, and the two women continue fighting outside of the ring. The Guardian Angel and Vampire Velasquez meanwhile trade blows in the middle of the ring, though neither luchador can gain the upper hand.

Lalo la tira de su espalda e intenta abrirse camino para hacer el cambio ya sea con el Ángel de la Guarda o la Princesa Azteca. La Dama Enmascarada y el Vampiro Velásquez lo paran en seco y juntos lo arrastran de regreso a su esquina. El Ángel de la Guarda entra al cuadrilatero pero el réferi le ordena regresar a su esquina. Mientras el Ángel de la Guarda discute con el réferi, los tres rudos agarran a Lalo por los brazos y usan las cuerdas del cuadrilátero para amarrarlo. ¡Lalo está atrapado! ¡Está indefenso! ¡La Dama Enmascarada se para frente a Lalo y deja pasmada a la audiencia al agarrarlo por los cuernos y besarlo intensamente en los labios! Dicho proceder le saca una amarga protesta a Marisol, esposa de Lalo, quien está sentada en la primera fila.

—¡Quita tus sucias manos de mi marido! —grita.

El Ángel de la Guarda y la Princesa Azteca no lo soportan más y arremeten contra los tres rudos. La Princesa Azteca agarra a la Dama Enmascarada del pelo y la lanza por encima de las cuerdas hacia el suelo. Mi padre tiene que impedir que Marisol ataque a la Dama Enmascarada. La Princesa Azteca va tras la Dama Enmascarada y ambas mujeres continúan peleando fuera del ring. Mientras tanto, el Ángel de la Guarda y el Vampiro Velásquez se lanzan golpes en medio del cuadrilátero pero ninguno de los dos luchadores lleva la ventaja.

El Toro Grande rises back up to his feet and notices that the Dog-Man is holding a folding chair and is ready to hit the Guardian Angel from behind.

El Toro Grande runs at Aguayo, hitting him with a shoulder tackle. The stunned Dog-Man and el Toro Grande both fall through the ring ropes and continue their fighting on the floor.

Just then Vampire Velasquez delivers an illegal blow to the Guardian Angel's groin!

The referee, busy trying to get the other four luchadores back into the ring, doesn't witness this terrible thing. The Guardian Angel falls down to the mat grimacing in pain.

Vampire Velasquez grabs the Guardian Angel in a full nelson. He calls for la Dama Enmascarada to get back in the ring. She hits the Aztec Princess with a crushing right hand that leaves her lying on the floor. La Dama Enmascarada climbs back into the ring and charges at the Guardian Angel to deliver a clubbing forearm smash to his massive chest. At the last minute, though, the Guardian Angel moves and la Dama Enmascarada ends up hitting Vampire Velasquez instead!

"What are you doing?" screams Vampire Velasquez.

"He moved," she cries out. "It's not my fault he moved!" La Dama Enmascarada notices that the Guardian Angel is still dazed, so she leaps on top of his back.

El Toro Grande se pone de pie y nota que el Perro Aguayo está a punto de estrellarle una silla plegadiza al Ángel de la Guarda por detrás.

El Toro Grande corre hacia Aguayo y lo golpea con el hombro. Tanto el atónito Perro como el Toro Grande caen por las cuerdas del ring y continúan luchando en el piso.

¡Justo en ese momento el Vampiro Velásquez le propina un golpe ilegal al Ángel de la Guarda en la ingle!

El réferi, ocupado tratando de regresar a los otros cuatro luchadores al cuadrilátero, no se da cuenta de tan terrible suceso. El Ángel de la Guarda cae a la lona muriéndose del dolor.

El Vampiro Velásquez agarra al Ángel de la Guarda con una llave y llama de regreso al ring a la Dama Enmascarada. Ésta golpea a la Princesa Azteca con un aplastador derechazo que la deja tirada en el piso. La Dama Enmascarada se trepa de vuelta al cuadrilátero y se ensaña con el Ángel de la Guarda propinándole un golpe con el antebrazo en su inmenso pecho. ¡Aunque, en el último minuto, el Ángel de la Guarda se mueve y la Dama Enmascarada termina golpeando al Vampiro Velásquez!

—¿Qué haces? —vocifera el Vampiro Velásquez.

—Se movió —grita ella—. ¡No es mi culpa que se haya movido! La Dama Enmascarada nota que el Ángel de la Guarda aún está atolondrado así que le brinca encima.

"Hit him now," she screams at Vampire Velasquez. "Hit him now!"

Vampire Velasquez smiles that dark and sinister smile of his, revealing canine-like fangs. He winds up his right arm and swings his fist at the Guardian Angel who manages to duck just in the nick of time—again!

"Ouch," screams la Dama Enmascarada as the blow from Vampire Velasquez sends her falling to the mat. Vampire Velasquez leaps on top of the Guardian Angel and begins to unlace his mask. He yells for la Dama Enmascarada to help him pull off the mask of the Guardian Angel!

"No," I cry out. "Don't do it, Sonia!"

For a moment, the Masked Damsel seems unsure of herself. She stares at the Guardian Angel and then at Vampire Velasquez who is urging her to help him pull off the mask of the greatest hero in all of lucha libre. To unmask the Guardian Angel is every rudo's dream come true. She turns to stare at me for a moment.

"Don't do it, Sonia," I plead with her. "Don't do it!"

Sonia winks at me and blows me a kiss.

"Do it!" screams Vampire Velasquez. "Pull off his mask!" What happens next is so unexpected that it stuns everybody into silence. La Dama Enmascarada delivers a crushing uppercut to the face of Vampire Velasquez! The stunned Vampire Velasquez falls down to the canvas.

—Pégale —ordena al Vampiro Velásquez—. ¡Pégale!

El Vampiro Velásquez sonríe, esa oscura y siniestra sonrisa suya, mostrando sus colmillos de can. Levanta el brazo derecho y lanza un puñetazo hacia el Ángel de la Guarda quien logra agacharse justo a tiempo... ¡otra vez!

—¡Auch!—se queja la Dama Enmascarada mientras el golpe del Vampiro Velásquez la manda directo a la lona. El Vampiro Velásquez se monta sobre el Ángel de la Guarda y empieza por desabrocharle la máscara. ¡Le grita a la Dama Enmascarada para que lo ayude a quitarle la máscara!

—No —grito—. ¡No lo hagas, Sonia!

Por un momento, la Dama Enmascarada parece dudar, mira al Ángel de la Guarda y luego al Vampiro Velásquez quien la insta a ayudarlo para quitarle la máscara al más grande héroe de la lucha libre. Desenmascarar al Ángel de la Guarda es el sueño hecho realidad de todo rudo. La Dama Enmascarada voltea a verme por un segundo.

—No lo hagas, Sonia —le ruego—. ¡No lo hagas!

Sonia me guiña el ojo y me manda un beso.

—¡Hazlo! —exige el Vampiro Velásquez—. ¡Quítale la máscara! Lo que sucede a continuación es tan inesperado que deja pasmados a todos en un silencio absoluto. ¡La Dama Enmascarada lanza un aplastante uppercut a la cara del Vampiro Velásquez! El sorprendido Vampiro Velásquez cae a la lona.

"Traitor," he cries out as he leaps back up to his to his feet, ready to lash out at la Dama Enmascarada for her betrayal. At that moment, the Guardian Angel rises back up to his feet before he can reach her. He hoists the Vampire Velasquez up into the air. He raises his right fist in victory.

"The Hand of God," I cry out. We are actually going to witness the Guardian Angel's finishing maneuver. He begins to spin with Vampire Velasquez on top of his shoulders. The Guardian Angel leaps into the air and slams the Vampire onto the canvas. The slam is deafening! Dog-Man Aguayo runs into the ring to keep Vampire Velasquez from being pinned, but just then el Toro Grande leaps off the top turnbuckle. Lalo flies over both the Guardian and Vampire Velasquez and crashes on top of the Dog-Man. His shoulders are pinned to the mat.

One.

Two.

Three.

The tecnicos win!

The tecnicos win!

The tecnicos win!

—Traidora —grita mientras se pone de pie listo para arremeter contra la Dama Enmascarada por su traición—. En ese instante, y antes de que el Vampiro la pueda alcanzar, el Ángel de la Guarda se pone de pie, levanta en el aire al Vampiro Velásquez y alza su puño derecho en señal de victoria.

—Es la mano de Dios —digo—. Estamos a punto de presenciar la maniobra final del Ángel de la Guarda. Empieza a girar con el Vampiro Velásquez sobre sus hombros, el Ángel de la Guarda lo levanta y lo estrella contra la lona. ¡El golpe es ensordecedor! El Perro Aguayo corre para evitar que el Vampiro Velásquez sea rematado, pero justo entonces el Toro Grande salta de uno de los cojines esquineros, Lalo vuela por encima del Ángel y el Vampiro y aterriza sobre el Perro, dejándolo derribado.

Uno.

Dos.

Tres.

¡Ganaron los técnicos!

¡Ganaron los técnicos!

¡Ganaron los técnicos!

20

A PROMISE KEPT
A PROMISE MADE
★ ★ ★ ★ ★ ★ ★ ★
UNA PROMESA CUMPLIDA

I bounce off the ropes and leap in the direction of my tío Rodolfo. I lift my legs up into the air and release them like coiled springs at my intended target. My feet connect against my tío's massive chest, but fail to take him off his feet. I use my hands to break my fall as my body hits the mat.

"Not too bad," he comments. "Your dropkick is getting stronger."

I know tío Rodolfo is being kind. I don't have the power in me to knock a big man like him off his feet, at least not yet.

★ ★ ★ ★ ★ ★ ★ ★ ★ ★ ★ ★

Me meto por entre las cuerdas y salto en dirección a mi tío Rodolfo. Levanto las piernas en el aire y las estiro como resortes hacia mi blanco deseado, mis pies dan contra el colosal pecho de mi tío, pero no logro moverlo. Meto las manos para evitar caer mientras mi cuerpo golpea la lona.

—Nada mal —comenta—, tus patadas voladoras están mejorando.

Sé que mi tío está siendo amable, no tengo la fuerza para noquear a un hombre como él, al menos aún no.

My tío Rodolfo had promised to teach me how to wrestle before he returned to Mexico, and he was being true to his word.

The crew he had rented the lucha libre ring from would come to take it down tomorrow morning, so we were taking advantage of it while it was still standing.

Lalo and Marisol are going to Mexico with tío Rodolfo. I have a feeling that this time it won't be nearly forty years before we see tío Rodolfo again. He has even told Father Martinez that he wants to make the lucha libre fundraiser an annual event. Our tío Rodolfo has returned to us, and I don't think he has any plans to ever leave us again. Tío Rodolfo and my mother still argue a lot. She still considers him a clown, but she can't hide the fact that she is glad to have him back.

"Can I ask you a question, tío?" I ask as I wipe the sweat off my forehead.

"Sure," says tío Rodolfo. "What's on your mind, mijo?" He assumes a wrestling pose and gestures for me to attack him. I lunge at his right arm and try to twist it behind his back to secure an arm lock.

"Is Lalo going to be the new Guardian Angel?"

Tío Rodolfo spins around me and hoists me over his left shoulder. He rolls me over his back and then drops me down to the canvas. He looks at me and smiles.

★ Mi tío Rodolfo me ha prometido enseñarme a luchar antes de regresar a México, y ha mantenido su palabra.

El equipo al que rentó el cuadrilátero de lucha libre vendrá a retirarlo en la mañana siguiente, así que estábamos aprovechándolo mientras estaba todavía ahí.

Lalo y Marisol se van a México con el tío Rodolfo. Tengo el presentimiento de que esta vez no pasarán casi cuarenta años antes de que volvamos a verlo otra vez. Incluso le ha dicho al Padre Martínez que quiere hacer de la recaudación de fondos un evento anual. Nuestro tío Rodolfo regresó a nosotros, y no creo que tenga planes de dejarnos de nuevo. El tío Rodolfo y mi mamá todavía discuten mucho. Ella lo considera payaso, pero no puede esconder el hecho de que le alegra tenerlo de regreso.

—¿Puedo pedirte un favor, tío? —le pregunto mientras me seco el sudor de la frente.

—Seguro —dice el tío Rodolfo—. ¿En qué estás pensando, mijo? Hace como que va a luchar conmigo y me hace un gesto para que lo ataque. Arremeto contra su brazo derecho y trato de torcerlo tras su espalda para hacerle una llave.

—¿Lalo va a ser el nuevo Ángel de la Guarda?

El tío Rodolfo me da vuelta y me levanta sobre su hombro derecho, me hace rodar por su espalda y me arroja a la lona. Me mira y sonríe.

"I don't know," he answers. "He might, but at this point I can't say for sure."

"Do you think he has what it takes?" I ask him as he offers me his right hand and hoists me back up to my feet.

"To be a luchador?" asks tío Rodolfo. "Absolutely," he declares. "He is big and strong and moves pretty fast for a person his size. If he's willing to work hard, he could truly be a fine luchador."

"Good enough to be the next Guardian Angel?"

"I hope so," he answers. "But I can't know for sure. I just don't want the name of the Guardian Angel to die with me. I want it to live on."

In lucha libre it isn't uncommon for the son or nephew of a luchador to take up his older relative's mask. Tío Rodolfo has brought to life the greatest luchador in the entire history of the sport. As the Guardian Angel, he has thousands and thousands of fans, but there is one thing he doesn't have. The Guardian Angel has no successor. He has no son to carry on the name of the Guardian Angel. Lalo is the closest thing he has to a ready made successor.

"Why didn't you let anybody know you were alive?"

Tío Rodolfo looks down at his feet as if trying to avoid having to answer the question, but then takes a deep breath and begins to talk.

—No sé —contesta—. Puede que sí, pero a estas alturas no puedo estar seguro.

—¿Crees que tenga lo que se necesita para serlo? —le pregunto mientras me da la mano derecha y me ayuda a ponerme de pie.

—¿Para ser luchador? —pregunta el tío Rodolfo—. Absolutamente —declara—. Es grande y fuerte, y se mueve bastante rápido para una persona de su tamaño. Si está dispuesto a trabajar duro podrá ser en verdad un buen luchador.

—¿Suficientemente bueno como para ser el próximo Ángel de la Guarda?

—Eso espero —contesta—. Pero no sé con certeza, es sólo que no quiero que el nombre del Ángel de la Guarda muera conmigo; quiero que siga vivo.

En la lucha libre no es poco común que el hijo o el sobrino de un luchador agarre la máscara de su viejo familiar. El tío Rodolfo le ha dado vida al más grande luchador de toda la historia del deporte. Como el Ángel de la Guarda tiene miles y miles de admiradores, pero hay algo que no tiene. No tiene sucesor. No tiene un hijo a quién heredarle el nombre de Ángel de la Guarda. Lalo es lo más cercano que tiene como sucesor.

—¿Por qué no permitiste que nadie supiera que estabas vivo?

El tío Rodolfo mira hacia sus pies como tratando de evadir la pregunta, pero luego respira hondamente y empieza a hablar.

"My father died when I was very little, Max, so your grandfather Antonio—my big brother—was like a father to me. I even used to call him my guardian angel. He was a good man, your grandfather, respected by everyone around him because he had decided to take care of our family. Not a lot of people would have done that. He sacrificed his own plans for the sake of the family. He even brought his bride to live with us. He never abandoned us.

"Everybody expected me to be just like him, but I was different. I had dreams of my own. I wanted to travel to big cities, to see the world. I wanted to make my mark in the world even if I had no idea how. He didn't judge me when I left, but everybody else did. Nobody said anything to me, but I knew what they were thinking when they stared at me. *After all that your brother has done for you, how can you abandon him?* I couldn't face those stares again."

Tío Rodolfo looks up at me and smiles.

"But I'm back now, and there is no way on God's green earth that I will ever abandon you all again. You have my word on that. I may not be as good a man as your grandfather. And I may not always do the right thing as I am sure your mother will tell you. But I am your family's own personal Guardian Angel now."

—Mi padre murió cuando yo era muy pequeño, Max, así que tu abuelo Antonio, mi hermano mayor, fue un padre para mí. Incluso solía llamarlo mi ángel de la guarda Era un buen hombre, tu abuelo, respetado por todos los que lo rodeaban porque había decidido cuidar a nuestra familia; no mucha gente habría hecho eso. Sacrificó sus propios planes por el bien de la familia, hasta se trajo a su novia para vivir con nosotros y nunca nos abandonó.

—Todo el mundo esperaba que yo fuera justo como él, pero yo era diferente. Tenía mis propios sueños, quería viajar a grandes ciudades, ver el mundo. Quería dejar mi marca aunque no tuviera idea cómo. No me juzgó cuando me fui, pero todos los demás sí. Nadie me dijo nada, pero sabía lo que pensaban cuando se me quedaban viendo. "Después de todo lo que tu hermano ha hecho por ti, ¿cómo puedes abandonarlo?" No podría soportar esas miradas de nuevo.

El tío Rodolfo me mira y sonríe.

—Pero ya regresé y no hay poder en el mundo que pueda hacerme abandonarlos de nuevo. Tienes mi palabra. Puede que no sea tan buen hombre como tu abuelo y puede que no siempre haga lo correcto, como te lo dirá tu mamá, pero ahora soy el Ángel de la Guarda de la familia.

I hug my tío Rodolfo.

"So, do you want to give that old dropkick one more try before we head back to the house?" he asks. We both stand up. Tío Rodolfo grabs my right arm and whips me into the ropes.

"Don't fight the forward momentum," he yells at me.

As my back hits the ropes, I allow them to catapult me in the direction of my tío Rodolfo. I leap up into the air. I tuck my legs into my chest and take careful aim at my tío's massive chest. He stands there waiting for me, offering me an immovable target.

Wait for it, I think to myself. *Wait for it.*

"Now!" I yell and extend my feet out, shooting them like twin projectiles at my tío Rodolfo's chest!

WHAM!

Tío Rodolfo is taken by surprise. Like a colossal titan knocked off his perch by a young lion, he collapses down to the mat. I stare in disbelief. I have just knocked the Guardian Angel off his feet! The stunned look on his face tells me that this was for real. I have actually knocked the greatest luchador in the world off his feet. I kneel down next to my tío Rodolfo.

"Tío, are you all right?"

"Not bad," he whispers. "Not bad at all!"

I watch as he sits up and rubs the red welt that is forming on his chest. "That kick had some real power behind it!"

Abrazo a mi tío Rodolfo.

—Así que, ¿quieres darles a esas patadas voladoras otra oportunidad antes de que regrese a casa? —pregunta—. Los dos nos ponemos de pie. El tío Rodolfo me agarra el brazo derecho y me avienta contra las cuerdas.

—No anticipes tus movimientos—me grita.

Cuando doy de espalda contra las cuerdas, dejo que me impulsen en dirección a mi tío Rodolfo. Me levanto en el aire, aprieto las piernas contra el pecho y cuidadosamente arremeto contra el enorme pecho de mi tío. Él está parado esperándome, ofreciéndome un blanco implacable.

"Espéralo", pienso para mí. "Espéralo".

—¡Ahora! —grito y estiro los pies, ¡arrojándolos como si fueran dos proyectiles hacia el pecho de mi tío Rodolfo!

¡WHAM!

El tío Rodolfo es tomado por sorpresa; como un colosal titán al que un joven león le baja los humos colapsa sobre la lona. Lo veo sin dar crédito, ¡acabo de noquear al Ángel de la Guarda! Su pasmada mirada me dice que esta vez fue en serio. En verdad había noqueado al más grande luchador del mundo. Me arrodillé a un lado de mi tío Rodolfo.

—Tío, ¿estás bien?

—Nada mal —murmura—. ¡En serio que nada mal!

Veo que se sienta y se frota una mancha roja que aparece en su pecho. —¡Esa patada tenía verdadera fuerza!

"Tío, can I tell you something man to man?" I ask him.

"Man to man, you say? This sounds serious."

"If Lalo doesn't become the new Guardian Angel, I want you to know something."

"And what is that?"

"I promise you that I will. I'll become the Guardian Angel."

"Oh," Tío Rodolfo sighs deeply. "That will be the happiest day of my life."

—Tío, ¿puedo decirte algo de hombre a hombre?

—¿Hombre a hombre? Eso suena serio.

—Si Lalo no se convierte en el nuevo Ángel de la Guarda, quiero que sepas algo.

—¿Y qué es eso?

—Te prometo que yo lo seré. Yo me convertiré en el Ángel de la Guarda.

—¡Oh! —tío Rodolfo suspira profundamente—. Ese será el día más feliz de mi vida.

XAVIER GARZA was born in the Rio Grande Valley of Texas. He is an enthusiastic author, artist, teacher and storyteller whose work is a lively documentation of the dreams, superstitions, and heroes in the bigger-than-life world of South Texas. Garza has exhibited his art and performed his stories in venues throughout Texas, Arizona and the state of Washington. He lives with his wife and son in San Antonio, Texas, and is the author of seven books.